ベリーズ文庫

御曹司の溺愛エスコート

若菜モモ

STARTS
スターツ出版株式会社

目次

第一章　懐かしい場所

(帰ってきちゃった……これから会う人を思うとつらい。三年ぶりの日本はまったく変わっていないように見える。変わったのは私……)

成田《なりた》国際空港の到着ロビーを出て、リムジンバスのチケットを買った桜《さくら》は、バス停で行き交う人々の邪魔にならないようにして立っていた。

東京駅行きのリムジンバスを待っていると、ダークグレーのスーツを着た、背の高い男性が視界に入った。

(蒼真《そうま》兄さま? よく似ている。でもそんなはずはない……私を嫌っているのだから迎えに来るわけがない……)

こげ茶のサングラスをかけた圧倒的な存在感の男性を、脇を通る人々が振り返りながら見ている。

桜はどうしても目がいってしまうその男性から、やっとのことで視線を逸《そ》らした。

日本へ戻ってきた目的のせいで、必ず会わなくてはならない蒼真を思い出してしまい、顔が歪《ゆが》む。

桜はシカゴを出る前からずっと、蒼真のことを考え続けていた。

（大好きだった人……昔は優しく私を見守ってくれた）

涙が出そうになってうつむくと、ピカピカの革靴が目に入った。

「桜」

なめらかな低音の心地いい声で名前を呼ばれ、顔を上げる。

「蒼真兄さま……」

本当の兄ではないのだが、昔からの呼び名をつい口にしてしまった。先ほど見入ってしまった男性は、やはり蒼真だったのだ。

しかし、久しぶりに会ったのに、蒼真には親しげな仕草はない。端正な顔を崩して笑いもしなければ、サングラスも外さない。冷たい態度を取られるだろうとわかってはいたが、桜は悲しみに襲われる。

蒼真の態度は仕方ない。そう自分に言い聞かせても、桜はあのサングラスの下の、どんなことでも見透かしてしまいそうな茶色の瞳が見たいと思った。

（久しぶりに会う蒼真兄さまは、今でも私を強く惹《ひ》きつける……心をグッと持っていかれるような……そんな気持ちになってしまう）

「荷物は？」

尋ねられた桜の荷物は、小ぶりのスーツケースがひとつと、肩から斜めがけにしているショルダーバッグのみだ。

「あ、はい」

桜はハッと我に返り、スーツケースの持ち手を掴《つか》んだ。

「これだけ？」

「はい。そうです」

一週間もない日本滞在なので、荷物は少ない。

運ぼうとスーツケースを引っ張ると、手が伸びてきて蒼真に奪われる。

相変わらず美しい指。細く長いのだが、女性的ではなく、しっかりした男性のもの。

秋月《あきづき》蒼真は二十九歳と若いが、天才脳神経外科医と言われている。家も裕福で使用人がおり、なんでもやってもらえる身分の人に運んでもらうのは、はばかられる。

「大丈夫です。自分で運びます」

桜は蒼真からスーツケースを取り上げようと、持ち手の横の部分を掴んだ。

スーツケースに重みがかかり、歩きかけた蒼真は立ち止まる。そしてサングラスを外し、片方の眉を上げて桜を見つめた。

きりっとした眉に、スッと高い鼻梁《びりょう》。誰でもキスしてほしくなるような薄めの唇。

今は不遜な顔つきをしているが、ほんの少しでも笑えばその顔が一気に甘くなるのを桜は知っている。

「行くぞ」

再びスーツケースから桜の手を外して、大股で歩きだす蒼真。身長が高い分、歩幅も広い彼を追う桜は小走りだ。

ようやく空港の駐車場に着いたときには、息を切らしていた。蒼真は白の高級外車へと足を進める。

リモコンでトランクを開け、手際よくスーツケースを入れている蒼真に、桜は目がいってしまう。その動きに見とれないように、他に停められている車に視線を向けた。

「桜」

蒼真は助手席のドアを開けると、さっさと運転席に向かう。

勝手に座れということなのだろう。桜は無言のまま助手席に乗り込むと、シートベルトをしてショルダーバッグを膝の上に置く。

運転席に着くと、蒼真はエンジンをかけた。

「あ……バス……」

桜はリムジンバスを待っていたのだ。今になって思い出した。

(チケットが無駄になっちゃった)

ため息をついた桜に、黙ったまま蒼真は巧みなステアリングさばきで駐車場を出て、車の波に乗る。

取りつく島もない彼の態度に、桜は運転中の蒼真に話しかけることをあきらめ、三年ぶりの東京の街並みを車窓から眺めていた。

(やっぱり私は許されていないんだ……)

「どこの大学へ通っている?」

「え?」

ぼんやり外を見ていたら、突然声をかけられ、ビクッとして彼のほうを向いた。

「大学生だろう?　どこの大学へ行ったんだ?」

「……行っていません」

優秀な蒼真に、大学へ行けなかったことを知られた桜は、話題を逸らしたくて短く答える。

「行っていない?」

今度は蒼真が驚いたように聞き返す。

「書店員をしています」

シカゴへ行ったとき、祖母に迷惑をかけたくなくて、大学へ進まなかったのだ。

蒼真は小さく頷《うなず》くと、運転に集中するためか黙ってしまった。

桜は三年前の彼の笑顔を思い出した。

（今はもう笑いかけてくれない。蒼真兄さまは私のことを憎んでいる……）


いつの間にか車は、見覚えのある場所を走っていた。

長く続く白い塀が、自分を拒絶しているみたいに思える。

（やっぱり帰ってこなければよかった……）

ありありとわかる疎外感に、桜の口から小さなため息が漏《も》れる。

そうこうしていると、蒼真の運転する高級外車は、重厚な鋳物の大きな門をくぐり、白亜の豪邸である秋月邸の玄関の前に着いた。

「おかえりなさいませ」

すらりとした背の高い初老の男性が、助手席側のドアを開けて、深く頭を下げる。

「南条《なんじょう》さん……お久しぶりです」

彼は秋月家の執事。桜が十四歳でこの家に住み始めた日からずっと、優しく接してくれた人だ。

彼の妻もメイド長として働いており、あの頃の桜にとって彼らは、この屋敷で蒼真の次に一緒にいて安らげる存在だった。

「お元気でいらっしゃいましたか？　ますますお美しくなられて」

南条からは、孫を見るような慈しみの表情が見て取れた。

「はい。南条さんもお元気そうで安心しました」

桜は南条に、にっこり微笑《ほほえ》む。日本へ来て初めての、心からの笑みだ。

「家内も首を長くして待っていますよ」

「私も早く会いたいです」

彼の妻、芳乃《よしの》の顔を思い浮かべ、胸が温かくなった。

蒼真がトランクを開けると、南条の後ろに控えていた黒のワンピースに白いエプロン姿のメイドが、桜のスーツケースを受け取る。

「おかえりなさいませ。蒼真さま」

南条が、近づいてきた蒼真に丁寧に頭を下げる。

「ただいま。愛理《あいり》さんは来ている？」

「いらしております。奥さまと応接室でお待ちです」

蒼真は南条に『わかった』と言うように軽く頷いた。

（愛理さん……蒼真兄さまの婚約者……）

桜がシカゴからやってきた理由は、蒼真と愛理の婚約披露パーティーに呼ばれたからだ。ふたりへの婚約プレゼントは、桜の小さなスーツケースのスペースの大半を占めている。

蒼真は特に桜を気にも留めずに、颯爽《さっそう》とした足取りで屋敷の中へ入っていく。ついてくるものと思っているのだろう。

「桜さまもどうぞ」

南条に言われ、桜は蒼真のあとに続いた。

玄関を入ると、半円形の優美な吹き抜けのホールがある。テニスコートの四分の一ほどもある広さ。アンティークの花瓶などの調度品も飾られており、胡蝶蘭《こちょうらん》も優雅さを添えていた。右には、二階まで美しい曲線を描くサーキュラー階段がある。

広い玄関ホールの左手に、この屋敷の客をもてなす応接室があり、蒼真はその前で桜を待っていた。

桜は自分を憎む蒼真の母、秋月美沙子《みさこ》がこのドアの向こうにいると思うと、心臓が暴れだし、足がすくみそうだった。

交通事故で亡くなった桜の母の兄嫁が美沙子だ。伯父《おじ》は、桜が秋月家に来る一年前に、進行性の胃癌《いがん》でこの世を去っていた。

桜が覚えている伯父の思い出は、とても優しかったということだけ。

蒼真が、美しい彫りが入った白木のドアを開けた。彼が先に入ってくれて、桜はホッと安堵《あんど》する。

応接室には、五十代になったが三年前と変わらず若々しく美しい美沙子と、シャーベットオレンジ色の上品なワンピースを着た若い女性がいた。

お茶の時間らしく、三段に重ねられたプレートの上にいろいろなケーキやマフィン、サンドイッチなどがある。

桜は入るなり美沙子と目が合ってしまい、その鋭い視線に、ドアのそばで一歩も動けずにいた。

若い女性はしなやかな動きでソファから立ち上がり、笑顔を浮かべて蒼真に近づいた。上品で、いかにも育ちがよさそうに見える。

彼女のこげ茶色の髪は緩く結い上げられ、一重瞼《ひとえまぶた》の目は綺麗《きれい》にメイクが施されており、誰が見ても美しいと思う人だ。

当たり前のように、彼女は頬を蒼真に差しだす。

「いらっしゃい。愛理さん」

蒼真が愛理の頬に唇を軽くつける。

「おかえりなさい。お疲れになったでしょう?」

心配そうな笑みを蒼真に向ける愛理は、典型的なお嬢さま。会社経営の父と専業主婦の母の間に生まれたひとりっ子で、お嬢さま学校と言われる大学を出てから、病院のボランティア活動を通して蒼真と知り合った。

「愛理さん、いとこの桜・クラインを紹介します。桜、婚約者の堂本《どうもと》愛理さんだ」

「桜です。このたびは、ご婚約おめでとうございます」

胸の痛みを感じながら、桜は美しい愛理に深く頭を下げた。

「クライン?　まあ。あなたの瞳の色は本物なの?」

初対面の人は大抵、桜のブルーがかったグレーの瞳に驚く。シカゴに行ってからはそんなこともなくなったのだが。

「はい。父がアメリカ人だったので……」

「そうなの。とても綺麗な瞳ね」

愛理は桜に、にっこり微笑んだ。おしとやかでお嬢さま然とした見かけとは違い、気さくな性格に桜は感じた。

(蒼真兄さま、ステキな人を選んだのね……)

そう思っても、蒼真が愛理に笑いかけるところを見たくなかった。

「桜さん、お久しぶりね？　遠いところからでお疲れでしょう？」

愛理の後ろから、美沙子がゆっくり近づいてくる。

「伯母《おば》さま、お招きありがとうございます」

「ファーストクラスはいかがだったかしら？」

「え？　いえ、あの……快適でした……」

美沙子から送られてきた航空券は、ファーストクラスではなかった。普通のエコノミークラスのものがシカゴにいる桜の手元に届いたのだ。

（なにかの勘違い？　ううん……違う、伯母さまはわざと言ったんだ。私はまだ許されていない……）

「蒼真さん、桜さんに飲み物を差し上げて」

美沙子は、戸惑っている桜に口角を上げて含み笑いをすると、ソファに戻っていく。

「桜、なにを飲む？」

聞きながら蒼真は、部屋の隅にあるバーカウンターへ向かう。

「お水をお願いします」

足を止めて振り向いた彼は、なにか言いたそうな表情をしたが、黙って冷えたミネラルウォーターをグラスに注いで桜に渡した。

「ありがとうございます」

桜は水を口にして初めて、ひどく喉が渇いていたことに気がついた。

喉が潤《うるお》い、美沙子との対面を済ませて気持ちが少しだけ軽くなって、応接室を見渡す。

（懐かしい部屋……）

この屋敷は、桜の両親が交通事故で亡くなってから、桜が五年間を過ごした場所だ。

蒼真はバーカウンターに戻り、自分用に炭酸水をグラスに注ぐ。

彼の姿を目で追っていた桜の耳に、カチッという音が聞こえ、なにげなくその音の方向に視線を向けた。次の瞬間、桜の瞳が大きく見開く。

美沙子がタバコに火を点《つ》けるところを目にしてしまい、急に呼吸が苦しくなる。身体が震え、持っていたグラスが手から滑り落ちた。

――パリーン!!

「桜!?」

グラスが割れる音で蒼真は振り返り、両手を身体に回して小刻みに震えている桜に驚く。

「ご、ごめん……なさい……」

桜の声が震える。

(倒れちゃダメ……)

喘《あえ》ぐように呼吸を繰り返す。三年前のあの事故から、桜は火を見ただけで意識を保つのが難しくなっているのだった。

「怪我は？」

近づいてきた蒼真に聞かれ、小さく何度も首を横に振る。

桜が落としてしまったグラスの破片は、すぐさまメイドが片づけた。

「桜さんはご気分が悪いようね？　南条、部屋に案内して差し上げて」

美沙子は苛立《いらだ》ったような口調で、ドアの前に控えていた南条に指示をした。

「かしこまりました。桜さま、こちらへ」

震えが止まらない桜だが、南条に促されて、なんとか歩きだす。

応接室を出て、背後のドアが閉まる音に肩の力が抜ける。

(ここの人たちに弱みは見せたくない。見せちゃいけない)

そのとき、南条の手がそっと桜の腕に添えられた。

「顔色がよくありませんね。大丈夫でございますか？」

「……はい。大丈夫です」

優しい南条に心配をかけたくなくて、笑みを浮かべようとするが、弱々しい微笑になってしまう。彼はさらに心配げな眼差《まなざ》しを向ける。

南条に身体を支えられているおかげで、桜は気を失わずに部屋に行くことができた。

昔使っていた自分の部屋だ。殺風景だが、ベッドメイキングが丁寧にされている。

ベッドの端に腰かけると、ホッとひと息ついた。

「長旅でございましたから、お疲れのようですね」

「久々の日本で緊張しちゃったみたいです」

そこへ静かにドアがノックされ、南条の妻、芳乃が姿を見せた。

「桜さま！　お久しぶりでございます。まあ、髪を切られたのですね」

芳乃は目に涙を浮かべて桜を見ている。

十八歳の頃、緩くウェーブのかかった桜の明るい茶色の髪は、腰まで長かったが、現在は肩甲骨の位置ぐらいまで短くなっていた。

「芳乃さんも変わりなく、お元気そうですね」

自分に会って喜んでくれている芳乃に、先ほどの火を見たショックが薄らいでいく。

「ええ、お会いしたかったですよ」

芳乃は氷水の入ったグラスを桜に手渡す。

「ありがとうございます」

受け取った桜は、ゴクゴクと水を飲んでいく。ああいう状態になったあとは、ものすごく喉が渇くのだ。

「お夕食まで、ごゆっくりお休みください」

「南条さん、お腹は空いていなくて……時差ボケみたいです。このまま休んでいいですか？」

南条は瞳を曇らせたが、「皆さまにお伝えしておきます」と言い、一礼すると妻と共に部屋から出ていった。

ひとりになった桜は、ぐったりとベッドの上に身体を横たえた。

（愛理さん、大人の女性って感じだったな……蒼真兄さまにぴったりな人……）

桜は小さい頃から、いとこである蒼真が好きだった。三年前のあの事故が起きるまで、彼に大事にされていた。しかし事故後、冷たい目で蒼真は桜を見た。

（今でも思い出すのは、あのときの蒼真兄さま……）

――コトッ……。

物音で桜は目を覚ました。

覚醒していないせいで、自分がどこにいるのかわからない。

「もうすぐ夕食だが？」

真っ暗な部屋で、蒼真の少し低めの声がした。二十時を回り、彼が桜の様子を確かめに来たのだ。

部屋に明かりが点き、眩《まぶ》しさで桜は目を瞬《しばたた》かせる。

「あ……」

日本に来たことを思い出し、弾かれたように起き上がった。

「どうしてわざわざ……？」

「一応医者なんでね。具合の悪い者がいたら、診《み》ずにはいられないだろう」

「具合は悪くないです」

立っている蒼真に見下ろされる形で落ち着かなくなり、緩慢な動作で立ち上がった。

だが、肩を押されて簡単にベッドに座らされる。

「きゃっ」

驚いている桜の手首に、蒼真の指が当てられる。腕時計を見ながら、彼女の脈拍を確認している。

「脈は少し速いが、具合が悪くないのなら下で夕食をとれるな」

「蒼真兄さま……聞いてほしいの。あのときのことを……」

冷たい瞳を向ける蒼真に、桜は衝動的に懇願した。

「やめてくれ、忘れたいんだ」

三年前、蒼真の弟、望《のぞみ》は別荘の厩舎《きゅうしゃ》で死んだ。燃え盛る炎の中で。

「でもっ！」

そのとき、一緒にいたのは桜だった。

「やめろ！　聞きたくない」

「でも聞いてほしいのっ！」

悲痛な思いで、桜は大きな声を出していた。

「桜、シカゴに行ってから変わったね？　昔は従順だったのに。それに、そんな大きな声も出さなかった」

桜の唇に、蒼真の指が触れる。

ただそれだけなのに、桜は木の葉のように身体が小刻みに震えてしまうのを止められない。

「やめてください……」

彼の指を避けようと、顔を背ける。

「桜……」

蒼真は桜の髪に手を伸ばした。

桜が自分で切ったせいで、今の髪形は少し雑だ。そこを見られているようで、桜は恥ずかしくなる。

「夕食はいりません……出ていってください……」

（あのときの話を聞いてくれないのなら、ここにいてほしくない）

三年前、望が亡くなるときまで、蒼真と桜のふたりは恋人同士だった。二十六歳の蒼真。十八歳の桜。そして同じく十八歳の望。

年の離れたふたりの恋は、誰にも内緒だった。ふんわりとした甘酸っぱい恋。

しかし、秘密にしていたのに、あるとき望に知られてしまう。

望がふたりのことを知ったのは、蒼真がオーストラリアへの出張を翌日に控えた夜。事故の一週間前だった。

明日オーストラリアに飛ぶ蒼真との別れが寂しくて、居心地のいい彼の部屋から、なかなか自室に戻れなかった桜。唇に触れるだけのキスを交わしたり、抱き合ったりしていたふたりを、望は見てしまったのだ。

そしてあの事故の日、桜を好きだった望は、彼女の身体を奪おうとした。

桜が望に別荘へ誘われたのは、蒼真を見送ったあとで、喜んで了承した。蒼真がいない東京は寂しくて、別荘へ行けば気が紛れると思った。

「……三年経ったというのに、お前はあの頃と同じだ。いや……あの頃のほうが大人びて見えた」

「話を聞いてくれないのなら、出ていってください」

「脈がさっきより速くなった」

桜の手首はもう一度、蒼真の手にそっと握られていた。

脈が速くなるのは当たり前だ。桜は今でも蒼真のことが好きなのだから。

(シカゴにいる間、どれだけ会いたかったか……)

けれど今、会う機会ができたのは、蒼真の婚約披露パーティー。

美沙子は、ふたりのお互いの気持ちを知っていた。望が知ったようにではなく、ふたりの雰囲気を見て勘づいた。蒼真が桜を可愛《かわい》がる様子は、いとこへの感情を超えているように見えたのだ。

事故後。日本に一時帰国していた蒼真は、葬儀を終えオーストラリアへ戻った。向こうで担当した患者の体調を診てから、またすぐ日本へ帰る予定で。

しかしその不在中に、桜がシカゴへ行ってしまったと知ったときは『なぜ行かせた』と怒りをあらわにした。そのあと、桜を忘れようと、休みも取らず仕事に打ち込んでいたのも、美沙子は母親としてわかっていた。

美沙子に冷たい目で見られようが、意地悪されようが、桜が今回日本へ来たのは蒼真を吹っ切るためだった。

「手を離してください」

ブルーグレーの瞳が冷たく見えるように、蒼真を睨《にら》む。

「桜、お前が帰ってこなければよかった……」

「私も帰ってきたくなかった」

想いを断ち切るために、はるばる日本へやってきたのだが、彼への恋心は消えない。

(大好きな人の婚約をのこのこと祝いに来るなんて、バカだった……これ以上、顔を合わせていられない)

桜は蒼真の手を振りほどくと、横をすり抜けてバスルームに入り、鍵をかけた。

涙にかすむ目で、鏡に映る自分を見る。

(なんてみじめな顔をしているんだろう……蒼真兄さまの言う通り、帰ってこなければよかった……。日本に戻ってきて、余計につらくなった)

はくれない。

シカゴで生活するだけで精いっぱいの桜。親しい友人もいるが、心の隙間を埋めてはくれない。

（もはや私と蒼真兄さまの生活は差がありすぎる。ここにいたくない……幸せなふたりを見たくない……明日帰ろう）

幸いなことに、美沙子から送られてきた航空券は、席が空いていればいつでも乗れるものだった。

涙で濡《ぬ》れた顔を冷たい水でバシャバシャと洗い、バスルームから出た。

部屋に戻ると蒼真はいなかった。もちろん、いてほしくなかったが。

ふとベッドの枕元に光るものを見つけた。

小さなクリスタルガラス製の、桜の好きな動物だった。

「コアラ……」

それは手のひらにコロンと乗るほど小さいものだ。

三年前の事故の前日、オーストラリアに出張する蒼真に『お土産《みやげ》はなにがいいか？』と聞かれ、桜は『コアラ』と答えた。あのとき、彼は笑って『本物は持ってこられないな』と言った。

過去を思い出してしまった桜の目から、せっかく止まった涙が再び溢《あふ》れだす。

小さなコアラを握り、力なくベッドの上に倒れ込む。

シカゴのアパートメントに飾られている数点のクリスタルガラス製の置き物は、すべて蒼真からのプレゼントだ。

(あのときのお土産を置いていくなんて、ずるい……)

時差ボケのせいか、蒼真のせいか、そのあと桜に眠気は訪れなかった。


屋敷内で働くメイドたちの足音が聞こえてきた。

今は朝の五時。眠れない一夜を過ごした桜は、これ以上ベッドの中にいられず、ニットのアンサンブルとスカートに着替えた。

(少し歩いてこよう)

シカゴに帰る前に、思い出の街を歩きたくなったのだ。

一階に下りると、南条が新聞にアイロンをかけ、綺麗に折りたたんでいた。

「桜さま、おはようございます。お早いですね?」

彼が優しい笑みを浮かべる。

「はい。目が覚めてしまって」

赤くなり少し腫れた桜の瞼を見ても、南条はなにも言わなかった。

「お屋敷のまわりを歩いてきます」

「おひとりで大丈夫でございますか？　この近辺はマンションなどが建ったので、三年前とは変わっておりますよ？」

「ちょっとぐらい様変わりしていても大丈夫です」

心配する南条に桜はにっこり笑うと、ショルダーバッグを斜めにかけて出ていった。

都内の一等地にある秋月家の敷地は広い。邸宅から少し離れた場所に、住み込みのメイドのための別棟も有している。

玄関を出て歩くと、大きな門がある。その横の通用門を開けた桜は、辺りを見ながらゆっくり歩き始めた。

(この道は、部活で遅くなったときに迎えに来てくれた蒼真兄さまと歩いた道。……どこを見ても蒼真兄さまのことを考えちゃう。シカゴにいれば、たまに思い出すだけで済んだのに……)

日本へ着いてから、常に蒼真に心を囚われている自分が弱くて嫌だ。

——プップー！

クラクションの音にハッとして端に退《ど》くと、車が桜の横を通っていった。

そこでよくアイスを買ったコンビニを見つけ、懐かしい思いで胸がいっぱいになり、桜は中へ入る。日本に来て買いたいと思っていたのはラップフィルム。日本製のラップフィルムは性能がよく、日本のものを売っているアメリカの店で人気がある。

小さいサイズのラップフィルムを六本買い、満足して顔に笑みが広がる。

(リサにプレゼントしよう)

リサはアパートメントの隣の部屋に住んでいる老女で、食事によく誘ってくれる。優しい彼女は、亡くなった祖母の親友だった。

コンビニを出て歩いていると、公園の入口が見えた。その公園は蒼真や望に小さい頃遊んでもらった、思い出深い場所だ。

公園の中へ入り、ブランコの前のベンチに腰を下ろした。まだ朝早く、ジョギングをする人に時折会うだけ。

(望くん……私には日本はつらすぎるよ。私と蒼真兄さまの関係を知ってから、変わってしまった望くん。激情に駆られて、私の身体を奪おうとして……)

「桜さま」

突然響いた声に顔を上げると、目の前に見知った顔の女性が立っていた。

「凛子《りんこ》さん……」

背の高い彼女は、南条凛子。南条夫妻のひとり娘で、蒼真と同い年。彼の秘書をしている。

「お帰りが遅いので、父が心配しておりましたよ」

「もうそんな時間……?」

桜は驚いて立ち上がった。

「桜さま、大丈夫ですか?」

凛子は桜にとって、優しい姉のような存在だった。

十四歳で両親を交通事故で亡くしてしまった桜は、秋月家——母の実家で暮らすことになった。母の両親と兄は他界しており、実家は母の義姉一家が住んでいた。桜にとって伯母である美沙子と、彼女の息子ふたりと娘がひとり。望と明日香《あすか》は二卵性の双子だ。明日香は現在イギリスの大学に留学しており、日本にはいない。

最初から美沙子と明日香は桜を嫌い、冷たかった。美沙子は、遺産のない桜に自分のお金をかけるのが嫌だった。それならば住まわせなければよかったのだが、世間体を気にした美沙子は、表面的には桜を可愛がっているフリをしていた。

明日香は兄ふたりが、愛らしい桜を必要以上に気にかけることに嫉妬した。

そんな桜に、凛子は妹のように優しく接し、面倒を見てくれた。

「凛子さん、もう『さま』はつけないで。桜って呼んでほしいです」

昔から言い慣れた言葉を、急に直してと言われても無理があるので、凛子は桜に微笑んだだけだ。

「もう一時間以上経っていますから、迷子にでもなったのでは、と父が」

「ごめんなさい。心配かけちゃった……」

桜はベンチから立ち上がると、公園を出ようとゆっくり歩く。隣を歩く凛子は、桜の気持ちが手に取るようにわかる。屋敷へ戻りたくないのだ。凛子は桜が日本へ来たことに驚いていた。

あの事故以来、秋月家は桜の存在を無視していた。今回呼んだのは、蒼真と愛理の婚約披露パーティーに出席させ、桜にみじめな思いをさせたいに違いない、と凛子は考えている。

懐かしむようにまわりの景色を見ながら歩いている桜は、女の凛子から見ても可愛らしい。大きなアーモンド形の目に、なにもつけなくてもピンク色の唇。肌は陶磁器のようにきめ細かく、透けるように美しい。

腰まであった見事な長い髪を切ってしまったのは、残念に思っていた。絹糸のような明るい茶色の髪は蒼真のお気に入りで、いつも愛《いと》おしむように梳《と》いていたのを思い出す。

「くしゅん」

桜はふいに寒気を感じ、くしゃみをした。季節はもう冬。薄手のカーディガンでは寒かったようだ。

「大丈夫ですか？」

「はい。温かいお茶、芳乃さんに頼もうかな」

凛子に、にっこり微笑んだ。

「ええ。きっともう用意して待っていますよ」


屋敷に戻ると、玄関に南条が待っていた。

「桜さま、おかえりなさいませ。お戻りが遅かったので、迷子になったかと心配しましたよ」

彼は桜の姿を見て安堵したようだ。

「心配かけてごめんなさい」

桜が南条に頭を下げたとき、二階から蒼真が下りてきた。

「こんな朝早くに、どこかへ行っていたのか？」

蒼真の瞳が、桜の持っているコンビニの袋をチラッと見る。

「……公園へ」

桜は手の震えが止まらなかった。その震えは寒さのせいなのか、それとも蒼真のせいなのか。

「桜さま、朝食の用意ができておりますよ。そのお荷物は私がお部屋に」

南条に手を差しだされて渡そうとしたが、震えで袋を落としてしまった。コンビニの袋から飛びだしたのは、六本のラップフィルム。

「そんなものを買ってどうするんだ？」

落ちたラップフィルムを見た蒼真の言葉は、桜には皮肉めいて聞こえた。

「ひ、必要に応じて使うに決まっています」

それらを乱暴に拾って抱えると、桜は階段を上がった。

「桜さま！」

南条の声にも、彼女は足を止めなかった。その後ろ姿を見ていた彼は、心にちくりと痛みを感じる。

桜はこの屋敷に来る十四歳の頃まで、社長令嬢として何不自由なく過ごしていたが、両親の事故が彼女の人生を狂わせた。交通事故の加害者側だったため、相手に全財産を奪われてしまったのだ。美沙子は桜を助けずに、被害者弁護士の言いなりだった。

そのとき、蒼真と凛子はイギリスに留学していた。

蒼真がいれば優秀な弁護士をつけて、全財産を奪われることのないように、桜を助けていただろう。

秋月家には行かず、シカゴに住む祖母の元へ行く選択肢も桜にはあった。ひとり暮らしの祖母は桜に『贅沢《ぜいたく》はさせてあげられないけれど、一緒に住もう』と言ってくれていた。

だが桜は東京の有名女子中学校に通っていたし、秋月家で暮らせば、大好きな蒼真が数ヵ月後にイギリスから帰国してきて、近くにいられると思った。

その頃の桜は単純に、蒼真を優しくて頼りになる、いとこのカッコいいお兄さんだと考えていただけだが。

秋月家に桜が住み始めた半年後に、ふたりは留学先から帰国した。

桜と同い年の望とは気が合い、頭のいい彼に勉強を教えてもらうなど、一緒にいることも多かったが、蒼真が帰ってきたときから、桜の生活の中心は変わる。

おもしろくないのは望の双子の妹、明日香だった。秋月家の兄ふたりが、妹の自分よりも桜を大切にしたからだ。

一方、蒼真はたった今の、桜のショックを受けた顔が忘れられないでいた。

桜はアメリカで幸せに過ごしていると思っていた。二年半前、仕事でニューヨークの病院に行った帰り、桜の住むシカゴへ寄らずにはいられなかった。

蒼真はやはり桜からちゃんと話を聞こうと思っていたのだ。ようやく出張帰りにシカゴを訪れたのは、桜が去ってから半年後になってしまったが。

桜を引き取った祖母の一軒家が見える場所に車を停めると、彼女が玄関から出てきた。そして、迎えに来た金髪少年のオープンカーの助手席に乗って走り去った。そのときの桜の笑顔にショックを受けた。

もう桜は自分を必要としていない。そう吹っ切ったはずの蒼真だったが……。

髪さえ美容師の手にかかっていない彼女は、シカゴで苦労しているのだろうかと考える。

桜を忘れたはずだった蒼真だが、空港のバス停に並ぶ、子供のように途方に暮れた姿を見た瞬間、彼女を抱きしめたくなったことを思い出し、ぎゅっと握りこぶしを作っていた。

「……凛子、今日は十三時からの研修会だけだったな？」

蒼真は医師としては若いのだが、中学生の頃からイギリスに留学し、早いうちに大学で学んでいた。著名な教授の元で勉強し、大変難しい手術を成功させて、神の手を持つと言われるドクターになった今では、あちこちで講演などを依頼されている。

「はい。それまで病院へ行かれますか？」

「ああ。調べたいことがある」

蒼真はスケジュールを確認し、ダイニングへ入っていく。

凛子も離れの自宅に戻ろうとしたとき、父が呼び止める。

「凛子、桜さまに朝食をお持ちするよう、芳乃に伝えてくれないか？」

「ええ。父さん」

父に言われ、凛子はキッチンへ向かった。


部屋に戻った桜は小さなスーツケースを開けて、綺麗に包装された大きな箱を出した。中身は蒼真の婚約祝いに用意した、陶磁器製の花瓶だ。割れ物は縁起が悪いとされているが、店でこの花瓶を見たとき、ひと目惚《ぼ》れしたのだ。他になにを選べばいいかわからなかったこともあり、持ってくる途中で割れないか心配だったが、この花瓶に決めた。

厳重に包装し、機内持ち込みにして、移動の際も常に気をつけていたので壊れてはいないはず。箱を少し揺すってみても、おかしな音はしなかった。

そのプレゼントを、昔使っていた勉強机の上に置き、引き出しを開けてみる。中には高校生のときに使っていた便箋が入ったままだった。

ボールペンを手にすると、蒼真宛に手紙を書き始める。

【蒼真兄さまへ
急用を思い出しました。
挨拶もしないで帰ることをお許しください。
愛理さんとお幸せに。
これは婚約のお祝いの品です。
気に入らなかったら捨ててください。　桜より】

手紙というには簡単なメモのような文章だが、今の桜に書ける精いっぱいの言葉だった。

ベッドの上にプレゼントを移動させ、その上に封をした蒼真への手紙を置く。

婚約披露パーティーは明日の夜。蒼真の妻になる女性がどんな人なのか見たくて来てしまったことを、後悔していた。

（まさにお似合いのカップルだったな。美しくて優しそうな愛理さんは、蒼真兄さまの支えとなってくれるはず。脳神経外科医として精密さを求められる蒼真兄さまは、自分に厳しい人だから。疲れた蒼真兄さまを癒《いや》せる愛理さん……）

深いため息をついて、コンビニで買ったラップフィルムをスーツケースの中に入れて閉めた。

（ラップを買いに日本に来たみたい……）

自分を励ますようにクスッと笑って、出入口の近くにスーツケースを置いた。

そこへドアがノックされて開けると、凛子がトレイを持って立っていた。

「凛子さん……」

「桜さま、昨日もお食事をされていないと、母が心配していました。母を喜ばせるために、全部召し上がってくださいね？」

そう言いながら凛子は部屋の中へ入った。

桜の部屋は、他の部屋から見ると質素だ。もちろん今は誰も住んでいないので、手はかけられていないのだが、彼女がいたときも簡素だった。

あまり物を欲しがらない桜に、蒼真はたくさんのプレゼントを与えていた。

蒼真に黙ってシカゴに住む祖母の元へ行くとき、桜は彼から以前プレゼントされたクリスタルガラス製の置き物だけを持っていった。

これだけはずっと近くに置いていたかった、大好きな人からのプレゼント。

凜子は、蒼真がまだ桜を愛していることを知っていた。だが、望の死のせいでわだかまりが残り、桜を忘れるために間違った結婚をしようとしていることも。

「うわあ、おいしそう」

桜は勉強机の上に置かれた朝食を見て、嬉《うれ》しそうに呟《つぶや》いた。彼女の好きな温かい緑茶もあった。両手を合わせて「いただきます」と言うと、箸を手にして食べ始めた。

凜子はそんな桜を見ていたが、ポケットのスマホが振動しているのを感じると、少し離れて背を向け、電話に出る。

「はい。蒼真さま」

『どこにいる?』

「桜さまにお食事をお持ちしたところです」

『ちゃんと食べたか見てほしい』

あの頃は少食の桜を心配して、全部食べ終えるまで蒼真が付き合うことが多かった。

「蒼真さまが見られたほうがよろしいのでは?」

『余計に食欲をなくされたら困るからな』

寂しそうな声の理由を、凜子はわかっている。望の死を桜のせいにしてはいるが、蒼真はどうしても彼女を気にかけてしまう。

「承知しました」

電話を切って桜に目をやると、最初だけ食欲旺盛なところを見せていたが、次第に箸の動きが止まる。

「お口に合いませんか？」

その声に、桜の肩がビクッと跳ねる。

「凛子さん……」

「全部食べていただくよう母に言われていますから」

実際には三人から。父と母と……蒼真だ。

「たくさん食べたいけど、思ったより食欲がないみたいです……」

「それでは……煮物だけでもお召し上がりください。母が桜さまのために作ったものです」

昨夜、自宅で芳乃は嬉しそうに『桜さまに煮物を食べさせてあげたい』と言って作っていたのだ。

「芳乃さんが……」

自分のためになにかをしてもらうなんて何年ぶりだろうと、桜は煮物を口にしながら涙が出てきた。凛子にわからないように、指先で目じりをそっと拭《ぬぐ》う。

心のこもった煮物をすべて食べ終えると、箸を静かに置いた。

「……ごちそうさまでした。芳乃さんに、おいしかったと伝えてください」

うつむき、両手を合わせると、バスルームへ行った。

涙は凛子に隠せなかった。桜を見ていると凛子の胸が痛む。彼女にとって桜は、まだまだ小さい妹のようだった。


桜はバスルームに入ってもメイクをすることもなく、明るい茶色の髪だけを梳かして部屋に戻った。

桜の部屋からは玄関前が見えるので、蒼真と凛子が外出したところを見計らって、懐かしい部屋を訪れた。

プレゼントと手紙を机の上に置いて、感傷に浸ってしまう前に廊下に出た。

蒼真に会わずに帰るが、美沙子にはひとこと挨拶をしなければ、と自室で支度をして下へ行く。

部屋でのろのろとしていたせいで、時刻は十時になっていた。美沙子は応接室とは反対に位置する家族専用のリビングで、花を活《い》けていた。

「伯母さま……」

「あら、どうしたの？」

「あの……急用を……思い出して……これから帰ります」

桜の言葉を聞くと、美沙子は楽しそうに笑った。

「そうなの？　本当かしら？　蒼真さんの婚約披露パーティーに出席する勇気がないのではなくて？」

美沙子に冷たく言われても、桜はうつむいていた。

「お前の苦しむ姿を見られなくて残念だわ。蒼真さんはもうお前など、なんとも思っていないのよ。いい気味だわ。大事な望さんを殺した女に、蒼真さんは渡さない」

美沙子の言葉を聞いて、桜の心はズタズタに傷ついた。

（私が望くんを殺した……）

厳しく責められて、うなだれる。

（憎まれていることは知っていたけれど、私の苦しむ姿を見るためにシカゴから呼んだなんて……）

うすうす感じてはいたが、面と向かって言われるとつらかった。

「お世話になりました」

口を一文字に引きしめてから、リビングを出た。

「桜さま……」

廊下に出た桜の目の前に、南条と芳乃が立っていた。南条一家は、唯一この家で桜を歓迎してくれる人たちだ。彼らの存在は、ほんの少し桜の心を温かくしてくれる。

「心配かけてごめんなさい。急用を思い出したので帰ります。お身体に気をつけてくださいね。芳乃さん、煮物おいしかったです……」

桜は涙を堪《こら》えて挨拶すると、踵《きびす》を返し、玄関に向かう。

「五分ほどお待ちいただけますか？　空港まで送ります」

南条が優しく言った。

「いいえ、ひとりで行けます。荷物も少ないし」

ふたりを安心させるように振り返って微笑み、屋敷を出た。

第二章　心から愛する人

蒼真は苛立ちを抑えながら運転をしていた。

手はコツコツとステアリングを叩《たた》いており、落ち着かない様子だ。

著名な天才脳神経外科医は、手術になれば患者のことだけを考え、成功を収めてきた。しかし今は、持ち前の集中力も活かされず、思考が桜に奪われている。

そこへ助手席の凛子が、スマホをバッグから取りだした。

「はい。えっ⁉　……わかりました。お伝えします」

蒼真をチラッと見てから、通話を切った。

「なにかあったのか？」

ステアリングを握りながら、蒼真はサングラスの奥から凛子を見やる。

「桜さまが空港に向かわれたと、父から」

「なんだって⁉」

「急用を思い出されたらしく……」

蒼真は車内の時計へ視線を動かした。十時を回っている。十三時の研修会まであと三時間もない。

「間に合わないな……」

「え?」

蒼真の言葉を、凛子が聞き返す。

「ダメだな……俺は……まだ桜を忘れられない。凛子は空港へ行って、桜を引き止めてくれないか。ホテルに部屋を取り、待たせておいてほしい」

昨晩、桜が話を聞いてくれと言ったのに、蒼真は耳を貸さなかった。ゆっくり話を聞くべきだったと後悔している。

「私の言うことには応じてくれないかもしれませんよ?」

凛子が困惑気味に言うと、蒼真はフッと口元を緩ませた。

「今の俺では、桜を引き止められない。でも君は桜にとって姉のような存在だ。話を聞いてくれるはずだ」

少しでも早く病院へ着くように、アクセルを踏んだ。

白い高級外車は病院に到着し、蒼真だけが車から降りて、エントランスのドアを抜けて中へ入っていく。

凛子は運転席に移動すると、桜が向かっている成田国際空港に車を走らせた。

「え？　天候が悪くてシカゴへは飛べない……？」

向こうは異例の吹雪《ふぶき》で空港が閉鎖されている、と桜は航空会社の職員に言われてしまった。飛行機は十四時に飛ぶ予定だった。

出発ロビーのベンチに腰かけると、深いため息をつく。

（なにからなにまでツイていない……）

空港近くのホテルを取り、シカゴの天候が回復するのを待つしかない。これからのことを決めて、うつむきながら歩き始めたとき、誰かに立ち塞がられた。

驚いて見上げると凛子だった。背が高くスタイルのいい彼女は、紺色のパンツスーツがよく似合っている。

「凛子さん……どうして……？」

桜のブルーグレーの瞳が揺れる。

「蒼真さまのご指示です。どうかついてきてください」

「どこへ……？」

引いていたスーツケースが凛子に奪われてしまい、急いで聞く。

「都内のホテルに部屋を取りました。今日はそこでお休みください」

そこまでして婚約披露パーティーに出席させたいのかと、ショックを受けて桜の目が大きく見開く。

「それは嫌です……パーティーには出ません。この近くのホテルに泊まります」

拒否するように、首を左右に振る。

「蒼真さまのご指示なので」

桜に言うことを聞いてもらおうと、凛子は先ほどより強い口調になった。

「凛子さん……」

蒼真の名前をもう一度出されて、思わず言うことを聞きそうになる。

（ダメ。もう吹っ切るんだから）

「桜さま、車はこちらです」

凛子は桜がついてくるものだと思い、スーツケースを引いて歩き始めた。

「凛子さん……スーツケース、いらない……」

そう言い残し、桜は人の合間を縫って走り去った。

凛子は女性らしからぬ舌打ちをしたくなった。消えた桜から手元のスーツケースに目をやる。

まさか、スーツケースをいらないなどと言うとは思わなかった。それほど蒼真に会いたくないのだろうかと、口から深いため息が漏れる。

一方、桜は凛子から離れると、大丈夫だと思われるところで立ち止まった。息を切らしながら、暴れる心臓を落ち着かせる。

(ごめんなさい、凛子さん……蒼真兄さまには、もう二度と会いたくないの……。幸せそうな蒼真兄さまや、私に笑ってくれない蒼真兄さまを見たくない)

少し経ってから、桜は空港の近くのホテルに部屋を取った。シングルベッドが入っただけの小さな部屋だ。

靴を脱いでベッドの上に座る。

やっとひとりで落ち着ける場所にいるのに、考えるのは蒼真のことばかり。

「早く明日になればいい……」

そうしたらシカゴへ帰れるかもしれない。

(明日の夜は……蒼真兄さまの婚約披露パーティー……)

桜に逃げられた凛子は蒼真に連絡を入れようとしたが、すでに研修会が始まってしまっている時刻だった。

終わるのは十六時。それまでに、桜の泊まるホテルを突き止めることにした。

研修会の終了後に電話をもらえるよう蒼真にメールを打つと、桜のスーツケースをトランクの中にしまい、近くのホテルに車を走らせる。

桜は贅沢を好まない性格だから、きっとリーズナブルなホテルを選ぶはず。その中でも、交通費や時間の節約をするのならば、空港から近いホテルにする、と凛子は考えた。

桜の泊まりそうなホテルにめどをつけ、車で向かった。

そのホテルのフロントへ行き、自分は少し前にチェックインした桜・クラインの兄の秘書で、パスポートを届けてほしいと言われていると話す。

「桜・クラインさま……」

フロントの若い男性は、キーボードを打ち込みながらパソコンの画面を見ている。

「クラインさまは……四〇三……」

彼は自分が部屋番号を呟いていることに気づかない様子。

凛子は、思ったより注意不足なフロント係に笑いそうになった。

「それでは、お呼びだしいたしましょう」

彼は桜の部屋に電話をかける。呼びだし音は鳴っているものの、桜は出ない。

「繋《つな》がりませんね」

とにかくこのホテルにいることはわかった、と凜子はフロント係に笑顔を返す。

「眠っているのかしら……。用を済ませてからまた来ます」

そう言って、ホテルをあとにした。


十六時過ぎ、蒼真から電話がかかってきた。

『桜は?』

凜子が間に合わずに、桜がシカゴへ帰ってしまったかもしれないと思うと、少し急《せ》いた声になる蒼真だ。

「ちょうどシカゴが大雪で飛行機が飛ばなかったのですが、桜さまは私と一緒に来ることを拒否なさって、逃げてしまわれました」

『……もちろん凜子のことだ。探し当てたんだろう?』

有能な秘書にできないことは、今までなかった。

「はい。成田のホテルにチェックインされています」

『わかった。これから向かう』

電話を切った蒼真は、研修会場へ届けられていた凛子の車に乗り込んだ。

ホテルの部屋でやることがない桜は、ベッドの上に横になっているうちに眠ってしまった。時刻は十九時。前夜眠れなかったので、夢も見ずに熟睡していた。

ドンドンドンとドアが叩かれる音に目を覚ました。驚いてそちらに行き、ドアノブに手をかける。アメリカだったら考えられないことだが、日本に帰ってきた気の緩みで、相手が誰かを確かめずにドアを開けていた。

「蒼真……兄さま……」

あんぐりと口を開け、顔をしかめて不機嫌そうな目の前の蒼真を見る。

「どうして……？」

「狭い部屋だな」

ぼんやりしているうちに、蒼真がつかつかと中へ入ってきた。

彼は桜の手首を掴むと、備えつけの電話に向かう。

「四〇三号室だが、部屋をスイートルームに替えてほしい」

（えっ……？）

蒼真の手に捕まって、身動きできない桜は口を開いた。

「どうして？　私はここでいいのに！」

彼の手を振りきろうと、力いっぱい身をよじる。

「おとなしくしてくれ。腕の骨が折れるぞ？」

「じゃあ、離してください……きゃっ！」

離すどころか強く引っ張られて、蒼真の腕の中で抱きしめられていた。彼から、昔と変わらないフレグランスの香りがした。

「ダメだ」

「離してください！　蒼真兄さま、やめて……」

（抱きしめられて、いいはずがないのに……）

蒼真の腕の中で抵抗を試みるが、疲れるだけだった。

（どうして蒼真兄さまはここへ来たの……？）

わけがわからず、彼の体温を感じながら困惑する。

数分は経っただろうか、桜はようやく離された。しかし手首は掴まれたままだ。

「帰ってください。婚約披露パーティーには出ません」

「そのために来たんじゃない」

蒼真は今朝より顔色が悪く思える桜をよく見ようと、彼女の顎に手をかけたとき、ドアがノックされた。

桜の手首を掴んだままドアを開けに行くと、廊下にベルボーイが立っていた。

「スイートルームへご案内いたします」

ベルボーイは蒼真に一礼する。

軽く頷くと、蒼真は桜のショルダーバッグを持ち、ベルボーイのあとに続いてエレベーターへ向かう。そうしている間も、桜の腕を離さなかった。

そしてふたりは最上階のスイートルームに案内された。

リビングの花柄のソファに座らされた桜は、眉をひそめて蒼真を見上げる。

「蒼真兄さま……なぜこんなことを……？」

「どうして黙って帰ろうとした？」

鋭い瞳で問いつめられ、視線を逸らす。蒼真は対面のソファに腰かけた。

「桜？」

黙り込んでしまった桜を見て、重いため息が漏れる。

「黙っていてはわから――」

その言葉の途中で桜は立ち上がって、ドアに向かって走る。しかしあっけなく、追ってきた蒼真の腕に捕まってしまう。

華奢《きゃしゃ》な身体いっぱいで抵抗する桜を、蒼真は抱きしめる。

「触らないでっ」

「桜、落ち着くんだ」

「お願い！　放っておいて！」

桜は金切り声を上げていた。

「桜……」

「離して！」

ブルーグレーの瞳に涙をためている桜の姿を見て、蒼真の心が痛む。

桜が腕を払おうと手を振り上げたとき、彼の手の甲に爪が当たった。

「あっ！　ごめんなさい！」

大事な蒼真の手に傷を作ってしまい、桜はうろたえ、みるみるうちに涙が頬を伝う。

「こんなの傷のうちに入らない。昨日はすまなかった。話をしよう」

蒼真の言葉に、力なく首を横に振る。

「もう嫌……」

暴れて疲れたのか、桜の身体の力が抜け、蒼真の腕に重みがかかる。

彼女は腕の中で、意識を失っていた。

「桜⁉」

蒼真は気を失った桜を抱き上げ、ベッドルームに運んだ。

医者である蒼真だが、桜の突然の気の失い方には驚きを隠せない。

どこか悪いのか、それとも考えられるのは妊娠か。青ざめた彼女の顔を見つめる蒼真の脳裏に浮かぶのは、シカゴで見た金髪の男。

クイーンサイズのベッドに桜の身体を横たえ、脈拍を調べて熱を確かめようとする。冷たい手を額に乗せると、閉じられた瞼が一瞬ピクッと動く。額は熱を持っていた。手で確かめているせいで正確にはわからないが、三十七度を少し超えたところか。

夢を見ているのか、眠る桜の顔が時折歪む。少しすると、苦しそうに顔を左右に動かし始めた。額や首、胸元から汗が噴きだす。

桜は日本に帰ってきたことによって、最近は見なくなっていた、望が亡くなる原因になった三年前の火事の悪夢を見ていた。

「い、嫌っ！」

目を閉じながら、なにかに抵抗するように腕を動かす。

「やめて！　嫌っ！」

「桜、桜！」

蒼真が身体を揺さぶり、名前を呼ぶと、桜はゆっくりと目を開けた。

「桜、どうした?」

目を開けたものの、まだ覚醒していない彼女は、もう一度瞼を閉じてしまう。

「桜?　いったい……?」

桜の身体は汗ばんでおり、蒼真は彼女の額をハンカチで拭う。

凛子が持っていた桜の小さなスーツケースは、この部屋に届けられていた。蒼真は鍵もかけられていないスーツケースから着替えを出そうと開ける。

「なんなんだ?　この中身は……」

驚きのあまり、蒼真の口から声が漏れる。

スーツケースの中に入っているものは、ふた組の下着、パジャマ、白のブラウスと黒のスカート、それに、今朝見たラップフィルムだけ。

海外へ行くにもかかわらずこんなに簡素な荷物を、蒼真は初めて見た。しかも服はポリエステル素材で、蒼真の目には量販店で売っている安物に見える。

「桜……やっぱり……向こうで苦労をしているのか?」

胸が締めつけられた。シカゴで桜が住んでいたのは、庭つきの二階建ての家だったはず。

「ん……おみ……ず……」

苦しそうな声の彼女は、意識が朦朧《もうろう》としているようだ。

荷物に唖然《あぜん》としていた蒼真は我に返り、冷蔵庫からミネラルウォーターのペットボトルを出してキャップを取った。

「桜、水だ」

彼女の上体を少し起こし、ペットボトルの飲み口をあてがうと、コクッ、コクッと水が桜の喉を通っていく。

その頼りなげな姿を見ると、小さい頃の桜を思い出した。秋月家に住み始めた頃は、身体が弱い女の子だった。両親を突然亡くしたショックもあってよく熱を出しており、中学校も休みがちだった。桜を疎ましく思っていた美沙子の代わりに、南条夫妻が面倒を見ていた。

留学から帰ってきた蒼真は仕事で忙しかったが、桜の寂しさを紛らわせようと、時間があるときには遊びに連れだしていたのが懐かしい。

水を飲んだ彼女は落ち着いたようで、蒼真の腕の中で深い眠りに落ちた。

静かに桜の頭を枕につけると、蒼真はポケットからスマホを取りだし、凛子へ電話をかける。一度のコールで出た凛子に、桜の服一式を見繕い、診察カバンと一緒にホテルへ持ってきてほしいと頼んだ。


三時間後、ドアチャイムが鳴った。時刻は二十三時になろうとしていた。

蒼真がドアを開けると、数個の大きな紙袋と診察カバンを持った凛子が立っていた。

診察カバンを受け取り、彼女を中へ招く。

「遅い時間に悪いな」

「いいえ。私も気になっていましたし」

リビングを通り、ベッドルームへ向かう蒼真のあとを、凛子はついていく。

クイーンサイズのベッドの上で眠っている桜の足元に、診察カバンを置いた蒼真は、体温計を取りだした。

彼が桜を診察している間、凛子はリビングに戻り、買ってきたものをソファの上で包装紙から出していた。すべての作業を終えてベッドルームへ入ってくる。

「桜さまはいかがですか?」

「熱は先ほどより上がったようだ」

桜の今の体温は三十八度。聴診器を耳にセットして、彼女のブラウスのボタンを数個外すと、手を入れてチェストピースの部分を皮膚に当てる。

そのとき、ヒンヤリと冷たい感覚に驚いた桜が、瞼をパチッと開けて飛び起きる。

「きゃーっ！」

「桜、落ち着くんだ」

どこにいるのかわからなくて、蒼真を見つめる。悲鳴に驚いた凛子が蒼真越しに見えた。

（そうだ……蒼真兄さまに連れられて……凛子さんがいる……）

「熱があるんだ。診察させてくれ」

聴診器を首にかけている蒼真を見ると、桜の胸はドキドキと高鳴ってくる。

「ね……っ……？」

（頭がクラクラするのは熱のせい……？）

「……もう大丈夫です」

「大丈夫ではないだろう？」

起きようとする桜の身体は、簡単にベッドの上に戻された。

「凛子、ルームサービスでおかゆを頼んでくれ」

「わかりました」

凛子はベッドルームを出ていく。

「桜、いつから調子が悪かったんだ?」

もしかしたら日本に到着した昨日の時点で具合が悪かったのかもしれない、と蒼真は考えた。

「わからない……」

ぼそっと言う桜に、蒼真の深いため息が出る。

「わからないって……子供じゃないんだから、わかるだろう?」

少し呆《あき》れ気味に言うと、桜が動揺した。

「本当にわからないんですっ」

うつむくと、ブラウスのボタンが数個外れているのが見えて、ぎこちない動きで留めようとした。

「汗をかいただろう。着替えなさい」

ちょうど凜子が戻ってきて、数時間前にデパートで買ってきたパジャマを桜に渡す。

「これ、なんですか?」

今まで頼りなかった表情が一転して、桜は蒼真を睨む。

「なにって、着替えだ」

「持ってきたパジャマがありますから、いりませんっ」

ベッドから抜けだすと、隅に置いてあったスーツケースを持って、バスルームに行ってしまった。

「桜！　まさか、シャワーを浴びるんじゃないだろうな？」

「桜さま！」

凜子がバスルームのドアを開けようとするが、中から鍵がかけられてびくともしない。まるで小さい頃の桜のようだ。

蒼真に叱られたとき、よくバスルームにこもっていた。いつも最後に謝るのは桜だったが、今回は……。

しばらくして桜が出てくるのと、ルームサービスが到着するのは、ほぼ同時だった。桜はスーツケースに入っていた綿のパジャマを着ていた。頬はもとより、顔全体が赤くて熱が上がったように見える。シャワーを浴びたからだろう。

三年前の事故の夢にうなされると、あのときの煙の臭いや火の熱さが自分の身体にまとわりついているようで、洗い流さずにはいられなくなる。今回のように一度うなされ、眠ってしまったとしても、あの恐ろしい出来事は記憶に残っていて、身体を綺麗にしたくなる。

「非常識すぎないか?」

そんなことを知らない蒼真は呆れたように言うが、桜は黙ってベッドに身体を横たえた。

「桜さま、お食事を召し上がってください」

「いらないです……」

凛子が勧めても、食べようとしない。食べ物のことを考えただけで気分が悪くなるせいだ。

「桜、食べたら薬を飲んで話をしよう」

蒼真がベッド横のサイドテーブルに、おかゆが乗ったトレイを置く。

「話をする必要なんかないです……」

桜はふたりに背を向けた。

「いい加減にするんだ」

蒼真が冷たい声で言ったとき、ポケットのスマホが鳴った。着信の相手を見ると愛理だった。

凛子に桜を任せ、ベッドルームを離れると、電話に出る。

「愛理さん」

『蒼真さん、今どこに？』

「急用で千葉に」

『まあ、患者さんですか？』

肯定も否定もせず、誤解させたままにする。

『明日のパーティーは十八時からですけど、その前にお会いしたいの』

「わかった……十六時に、ホテルのラウンジに来てくれないか」

『ええ。わかりましたわ』

愛理は約束をすると、『患者さんをお大事に』と言って通話を切った。

蒼真がスマホをポケットにしまいながらベッドルームに戻ると、桜は身体を起こして、おかゆを口に運んでいた。ほんの少しずつだが食べている。凛子が説得したのだろう。

しかし、たっぷり残して「ごちそうさま」と言った。蒼真は残った量を見て、ため息をつきたくなった。

「桜、これを飲みなさい。解熱剤だ」

白い錠剤を一錠、桜の手のひらに置く。

彼女が水で薬を流し込むと横になり、目をつむるのを見た蒼真は、部屋のドアまで凛子を見送る。

「凛子、遅くまで悪かったな。お疲れ」

「いいえ。桜さまとよく話をなさってください」

そう言って凛子は帰っていった。


ひと息ついて、蒼真はルームサービスで自分の食事を頼んだ。このホテルのフロントが、二十四時間対応でよかったと思う。昼を簡単に食べて以来、今の時間までなにも口にしていなかった。

届けられたクラブハウスサンドイッチを食べたあとはシャワーを浴び、眠っている桜の隣に横になった。

額に手を置くと、熱は少し下がったようだ。解熱剤が効き、すやすや眠っている姿に安堵する。

愛理との結婚で桜との思い出を忘れ、平穏に過ごせるはずだった。

しかし昨日桜に会い、自分の気持ちを偽れないと悟り、無理やりここまで連れてきてしまった。

自分は間違ったことをしようとしているのだろうかと、罪悪感に苛《さいな》まれている。

そのとき、ぐっすり眠っている桜の身体が、ぬくもりを求めるように蒼真のほうに動いた。

無意識の行為だが、蒼真は二度と離したくないと思いながら、華奢な彼女の身体に腕を回した。


ふと目が覚めて、すぐ近くにある綺麗な顔に、桜は固まった。

（……なぜ蒼真兄さまは、私を抱きしめながら眠っているの？　そうだ……。この部屋に連れてこられて……熱が出て……）

睫毛《まつげ》が長く、どちらかというと女性っぽい綺麗な顔。だけど天才的な頭脳を持った、男らしく完璧な人。

シャツの下にある身体はしっかりと筋肉がついていることを、小さい頃から知っている。

大手術となれば十時間以上も集中力を保たなくてはならない蒼真は、すごいと思う。

（このままずっと一緒にいたい……）

そう考えてハッと我に返る。

（今日は蒼真兄さまの……婚約披露パーティー）

そのことを思い出し、悲しみに襲われ胸が痛くなり、ベッドから出ようとした。

「桜?」

床に足を着けたところで、ベッドの振動で目を覚ました蒼真が、シーツに片肘をつけて上体を半分起こし、桜を呼ぶ。

「桜、どうした? 気分が悪いのか?」

蒼真には、彼女が急いでバスルームに行こうとしているように見えたらしい。

茶色の瞳と目が合って、桜は小さく首を横に振った。

「よかった」

安心した蒼真もベッドから出て、桜の元へ行く。

それから額に手を置こうとするが、桜はビクビクした猫のように一歩後ろに下がる。

「桜?」

「だ、大丈夫です。もう熱はないです」

桜が蒼真の横を通り過ぎようとしたとき、長い腕が身体に回り、後ろから抱きしめられた。

「そ、蒼真兄……さま……」

「逃げないでくれないか」

妙に艶っぽい彼の声に、心臓がトクッと高鳴った。

「朝食を食べてから話をしよう」

うつむいていたが、蒼真にわかるように頷いて、スーツケースを探すために辺りを見る。しかしパウダールームに置いていたことを思い出し、バスルームに消えた。

蒼真がルームサービスを頼み終わると、桜が白のブラウスと黒のスカートに着替えて現れた。青ざめた顔は透けるように白く見える。

着ている服は安物だが、上品な顔立ちの桜が着ると、ブランド物の服に見えなくもなかった。

「まだ顔色が悪いな」

「元々こうなんです」

桜のそっけない口調は、事故前とはまるっきり違う。

落ち着かない気持ちを隠して、桜はソファに座った。蒼真と視線を合わせずに、身体を横にして窓の外に目を向ける。

そんな彼女を見て、蒼真は小さく首を左右に振ると、なにも言わずその場を離れた。

蒼真の着替えも済み、少しして朝食が届けられた。

「桜、こちらへ来なさい」

素直にダイニングテーブルに来て、桜は蒼真の引く椅子に座る。

「コーヒーと紅茶は？」

三年前までの桜の好みは、砂糖を二杯入れた甘い紅茶だった。

「コーヒー。ブラックで」

無表情でそっけなく言った。ブラックなんて本当は嫌いで、『自分はもう大人だ。蒼真は必要じゃない』という意思表示に過ぎない。

「ブラック？」

意外な答えが返ってきて、片方の眉を上げて蒼真が聞き返す。

「ブラックが好きなの」

「好きかもしれないが、病み上がりの身体にはよくないな。ミルクと砂糖を入れたほうがいい」

「じゃあ、いらないです」

桜は素直になれなかった。

「桜……」

わざと桜がワガママに振る舞っているのは、蒼真にはわかっている。桜はいつもまわりに気を遣う女の子だったから。しかし三年で変わってしまったのだろうか、とも考える。

桜は厚切りのトーストを口にした。蒼真は紅茶をカップに淹《い》れて、彼女の前に置く。不可抗力とはいえ、自分がつけてしまった蒼真の手の甲の引っかき傷が目に入り、桜は瞳を曇らせた。

「ごちそうさまでした」

トーストとベーコンエッグはなくなっている。それを見て蒼真は満足げだ。

「桜、三年前のことを話してくれないか」

蒼真の顔には桜を真摯に見つめる真剣さが窺《うかが》えるし、桜が話しやすくなるように優しい声色でもある。

でも三年前のことを今話すと思うと、桜は食べたものが喉元までせり上がってきそうだった。

「桜？」

「あのとき……」

やっとのことで口を開いたとき、テーブルに置いていた蒼真のスマホが鳴った。着信は凛子からだ。

「凛子、どうした？」

『蒼真さま、申し訳ありません。東城《とうじょう》病院の広瀬《ひろせ》教授が急変で、大至急手術をしてほしいと』

「広瀬教授が？」

広瀬教授は蒼真の古くからの知り合いで、もう少し体力がつくまで手術は延ばす予定だった。

「わかった。すぐに行く」

『桜さまは？』

桜は心配そうな顔で、電話中の蒼真を見ている。

「なんとかする」

蒼真は通話を切った。

会話からすると、なにか大変なことが起こったらしいと桜は察する。

「桜、緊急オペが入ったんだ。桜も来てくれないか」

一緒に行き、時間ができたらあのときの話をしたいと桜は思った。

(でも……話してもどうにもならない。蒼真兄さまは愛理さんと結婚するのだから)

「ここで待っていてもいい？ やっぱりだるいし……ここにいたい……」

ついていかずに、ここに残ることを選択した。

「わかった。待っていてくれ」

立ち上がった蒼真は、桜に近づくと優しく髪に触れる。

「はい。蒼真兄さま、気をつけて……」

桜は微笑んだ。その微笑の意味がなんなのかを、蒼真は気にする余裕がなかった。

このあと、嫌がっても無理やりにでも連れていくべきだった、と後悔することになるのだが。


手術が無事に終わったのは、十五時を過ぎていた。

蒼真は緑色の手術着を脱ぎ、急いでシャワーを浴びて着替えると、五階にある自分の執務室に戻った。かけられていた上着のポケットからスマホを取りだすと、桜のいるホテルに電話をして、繋ぐように頼む。

『スイートルームのお客さまは、お出になりません』

フロントの男性が言う。

「眠っているのかもしれない。具合が悪かったのでね。見に行ってほしい」

『かしこまりました』

少しして、ホテルのコンシェルジュからの電話に蒼真は落胆した。

桜は部屋にいなかった。スーツケースもないとのこと。彼女はシカゴへ帰ってしまったのだ。

「くそっ！」

婚約披露パーティーの準備の確認でホテルから戻った凛子は、執務室に入ったところで、蒼真の荒い声に驚く。こんなに感情をあらわにする彼は、三年ぶりに見た。

蒼真と凛子が、担当患者が心配でもう一度オーストラリアへ行ったあとに帰国すると、桜はシカゴの祖母の家に発ってしまっていた。あのとき、蒼真は母親に暴言を吐いた。今はその当時のように、かなり苛立ちを見せている。

「凛子、愛理さんに変更の連絡は？」

怒りを含んだ声で聞く蒼真に、凛子は頷く。

「はい。お電話しておきました。パーティー前に会えないので、がっかりされていたようです」

十八時少し前。

ブラックフォーマルに身を包んだ蒼真が、ホテルでのパーティーにぎりぎり間に合うよう会場に到着すると、愛理が笑顔で近づいてきた。

「お仕事、お疲れさまでした」

愛理は美しく着飾っていた。上品なデザインで、足元まで流れるようなラインの真紅のドレス。

細身の彼女は見事に着こなしていて、誰が見てもうっとりするほどだ。

「悪かった」

「いいえ。お会いしたかったけれど、お仕事では仕方ありませんわ」

愛理はにっこり微笑んで、蒼真の腕に触れると、自分の両親の元へ連れていこうと歩き始めた。


婚約披露パーティーは親しい友人や親戚が招かれ、招待客は楽しんでいた。

その中で楽しくないのは蒼真ひとりだけだろう。シカゴへ帰ってしまった桜のことばかり考えている。そんな彼を、凛子は気にしていた。

「こんばんは。蒼真さん、このたびはおめでとうございます」

二十歳を過ぎたくらいの青年が蒼真に近づき、挨拶をする。

そばにいた愛理は彼に会釈《えしゃく》すると、気を利かせて蒼真から離れる。

「君は確か……」

「坂本祐二《さかもとゆうじ》です。望の親友でした」

蒼真は、有名私立中学校に通っている頃から、望といつも一緒にいた祐二を思い出した。彼の親は呉服問屋で、日本各地に幅広く店舗を展開している。

「桜ちゃんは今日、来ていないんですね？」

祐二は会場をぐるっと見渡して言った。

「え……？」

彼から思ってもみなかった名前を出されて、蒼真は驚く。

「火事のあと、桜ちゃんは大丈夫でしたか？」

「大丈夫とは？　桜は三年前からシカゴに住んでいるが」

「そうでしたか……あのときのことは、桜ちゃんにとってショックでしたよね？　まさか望が桜ちゃんにあんなことをするなんて」

祐二は手にしていたウイスキーをひと口飲むと、苦々しい顔になる。

蒼真も喉の渇きを覚えた。ウエイターを呼び止め、水割りのグラスを手にする。

「君は、事故のことでなにか知っているのか？」

「もしかして……蒼真さん……知らないのですか？」

「なにをだ？　ちょっと来てくれないか」

騒がしい会場から蒼真は祐二を連れだし、ホテルの庭に出た。

「あのときのことを教えてほしい」

湧き上がる猜疑心《さいぎしん》を抑え、静かに聞いた。

「望は……俺に、蒼真さんから桜ちゃんを奪うと言っていました」

親友だった望のことを話すのは躊躇《ちゅうちょ》したが、祐二は口を開く。

「奪う？」

「あなたと桜ちゃんのことを知ってから、望は荒れました。あの事故の日、望から電話があったんです。望のろれつがおかしくて……これから桜ちゃんを奪うと……」

「ちょっと待ってくれ！　望が桜を奪うって、どういうことなんだ!?」

蒼真は祐二の言っていることが把握できず、彼の両肩を掴んで聞く。

「俺も一瞬なにを言いたいのかわからなかったんですが、そのあと望は、桜ちゃんを抱くんだ、と」

祐二の言葉に、蒼真の顔がこわばった。

「抱くって、まさか……レイプ⁉」

脳裏に、『話を聞いて』と言って泣き叫んだ桜の姿が浮かぶ。

「望は亡くなる数日前から、ドラッグを使っていたようなんです」

あのとき、蒼真はオーストラリアに十日間の出張に行っており、望の様子はわからなかった。

一度だけ電話をもらい、『桜と長野の別荘に遊びに行く』と嬉しそうに言ってきた。

「厩舎が火事になって、望が亡くなったと聞いたときは驚きましたが、桜ちゃんだけでも助かってよかった」

桜は望にレイプされたのかと考えるだけで、眩暈《めまい》が襲ってきた。

「大丈夫ですか？」

額に手をやり、ふらついた蒼真を祐二が支えた。

「……話してくれてありがとう」

彼女はその話をしたかったのだと、蒼真は今悟った。だらりと下げた両手の拳を強く握る。

少しして祐二と共にパーティー会場に戻った蒼真だが、たった今知った真実に愕然《がくぜん》としながらバーカウンターへ向かう。飲まずにはいられない気分だった。

そこへ、サテン地の艶やかなシルバーのドレスを着た凜子が近づいてきた。

「今日はもうお控えください、蒼真さま」

「……凜子、明日のシカゴ行きのチケットを用意してくれ」

「明日は横浜《よこはま》で医療シンポジウムがあります」

凜子はスケジュールを頭の中で確かめて告げる。

「キャンセルしてほしい。明日から一週間の予定を調整してくれ。オペはなかったはずだ」

凜子に『できない』とは言わせない強い口調で、なにかを決心したような表情だ。

蒼真は招待客として出るだけのシンポジウムなら問題ないと考えた。今は一刻も早く桜に会わなければ、気が済まなかった。

望が厩舎の火事で亡くなったことで、一緒にいた桜は全員から責められた。蒼真もそのうちのひとりだ。美沙子や明日香のように言葉で責めることはしなかったが、冷たい態度を取ってしまった。訃報を聞いて、急いでオーストラリアから帰ってきた蒼真は、望の死で動転していたのだ。

桜は煙を吸って喉に軽いやけどを負ったため、一週間入院した。病院のベッドの上で、美沙子に責められても泣くだけだった。桜は気を失わずに助けを求めに行くことができたなら、望を救えたかもしれないと後悔していた。

あのときの桜の姿を思い出すと、胸が詰まる思いになる。

厩舎での火事の原因は、ふたりの火遊びで、桜ひとりだけ逃げたと聞いて彼女に冷たくしてしまっていた。だが、もし自分に火が迫っていたとしたら？　逃げて当然かもしれない。そして今日、桜が望に乱暴されたのではないかと聞かされ、やはりなにかわけがあったのだと思った。桜からちゃんと話を聞かなければならない。

愛理には申し訳ないが、蒼真は早く婚約披露パーティーが終わってほしかった。心は桜の元に飛んでおり、早く彼女を抱きしめたい、という思いでいっぱいだった。

一昨日《おととい》、桜に会った日に婚約を解消するべきだった、と自責の念に駆られる。

自分の隣で、にこやかに出席者に挨拶する愛理に、気が咎《とが》める一方だった。彼女の隣では笑えず、表情が硬い蒼真だった。


三時間の婚約披露パーティーが終わり、蒼真と愛理はホテルの部屋にいた。

「蒼真さん……」

彼女は彼の様子がいつもと違うことに気づき、戸惑いの瞳を向けた。

「愛理さん、話があります。座ってください」

少し冷たく聞こえるような声は、罪悪感のせいだろう。憂わしげな蒼真は、愛理が座るまで立っている。

「隣に座ってくださらないのですか?」

対面に座った蒼真を見て、彼女は表情を曇らせる。

「愛理さん、率直に言います。婚約を解消してもらいたい」

身体を若干前に倒し、愛理の目をしっかり見つめて、蒼真は言った。恐ろしく真剣な顔つきだ。

「えっ……」

愛理は一瞬なにを言われたかわからず、キョトンとする。

「申し訳ないが、婚約を解消してほしい」

「なにを言ってらっしゃるの? 今日、婚約披露パーティーを開いたばかりなのに。冗談はやめてください」

驚きの表情のまま、テーブルを回って蒼真に近づくと隣に座り、彼に微笑む。

「これは冗談じゃない。真剣な話です。愛理さんには本当に悪いと思うのですが、俺には他に愛している人がいます」

蒼真はわかってもらえるよう、はっきりと力強く言葉にした。

「愛している人……？」

微笑んでいた愛理の表情が、サッと変わる。

頭の中に、蒼真が愛しているという女性の顔が思い浮かんだ。

「蒼真さんの愛している方って……桜さん？」

「そうです。なぜそれを……？」

「美沙子さんが言っていました。一昨日紹介された女性が、蒼真さんの愛した方だと。他にも……いえ、そんなことより、年がだいぶ離れているじゃないですか。あんな子供のような子を愛しているだなんて」

「他にも？　母がなにを君に言ったんだ⁉」

桜を話題にした母親に怒りを感じ、いつもの冷静な蒼真ではなかった。

「美沙子さんは……私たちの仲を見せつけるために桜さんを呼んだと……」

蒼真に大きな声を出された愛理は驚き、戸惑いながら口にした。

彼女は婚約者の蒼真に冷たく問いつめられて、それほどまでに彼が桜を愛しているのかと打ちのめされた。

まわりのお膳立てもあり、半年で結婚を決めたふたりだったが、愛理は蒼真に『好きだよ』と言われても、一度も『愛している』とは言われたことがないと気づく。結婚が決まっても、蒼真に身体を求められることもなかった。

「母が、俺と桜とのことを知っていた……?」

「弟さんを殺されたっておっしゃっていましたけど、なにがあったのですか?」

蒼真は顔を下に向けて、両手を額に置いたまま動かない。

「蒼真さん?」

愛理は婚約を解消したいと言われてショックは受けたし、蒼真のような完璧な男性との婚約を解消するのは惜しいかなとも思う。彼ほどの若さで素晴らしい肩書きを持ち、非常に裕福な男性はそうそういないだろう。

でも、彼女は愛されたいタイプの女だった。蒼真の気持ちが自分になかったことを知り、急激に熱が冷めていくような感覚を覚える。

「……わかりました。私、蒼真さんと桜さんを応援しますわ」

「え?」

愛理の突拍子もない言葉に驚き、蒼真は顔を上げた。

「私、ちゃんと愛されたいんです。だから、他の方を好きな蒼真さんとは結婚はできません」

寂しそうに微笑む彼女だが、しっかりと言いきった。

「愛理さん、ありがとう。この件は必ず償います」

立ち上がった蒼真は真剣に言ったあと、一礼して部屋を出ていった。

ドアが閉まる音が聞こえると、愛理の口から重いため息が漏れる。

美沙子がアメリカから桜を呼ばなければ、自分たちはきっと結婚していただろう。

嫉妬させるため、などというつまらない理由で桜を呼ばなければよかったのに……と思ったのだった。

第三章　桜のシカゴでの生活

シカゴの古い三階建てのアパートメントに、昼近くに着いた桜は、ベッドに座り込んでいた。

エレベーターはないので、階段で部屋まで来た。亡くなった祖母の友人で、隣に住むリサは七十歳。階段での移動はきつく、引っ越しを考えていると言っていた。

桜は祖母が亡くなるまで、中流家庭の家族が暮らすような平均的な二階建ての家に住んでいたが、持ち家ではなく貸し家だった。その家はひとりで住むには広すぎるし、家賃も高かったので、このアパートメントに引っ越してきたのだった。

ショルダーバッグから、小さなクリスタルガラス製のコアラの置き物を取りだす。それを他にも並べられている仲間の横に静かに置いた。

その動物たちを見ていると目頭が熱くなり、涙が頬を濡らす。

もう婚約披露パーティーは終わっているだろう。蒼真と愛理が抱き合う姿が脳裏をよぎり、振りはらうように首を大きく横に振った。

（もう二度と会わない。日本にも帰らない）

涙を乱暴に袖で拭《ふ》き、疲れた身体をベッドに横たえる。

(寒い……)

暖房をつけていない部屋。節約するために、着るもので寒さをしのいでいた。

上掛けと毛布を肩までかけて身体が温まるのを待つうちに、疲れていた桜は泥のように眠りに就いた。


――ドンドンドン!

玄関のドアを乱暴に叩く音で、目が覚めた。

「やめて!　ドアが壊れちゃう」

英語で叫び、ドアをノックするのをやめさせる。

「誰ですか?」

部屋の寒さにぶるっと震えて、玄関へ向かった。

「サクラ、帰っていたのね!　リサよ。大丈夫?　まだ寝ていた?」

時計を見ると、十時になろうとしていた。昨日ここに戻ってきてから丸一日近く寝ていたようだ。隣の部屋に住むリサの声がしてホッと胸を撫《な》で下ろすが、ドアを開けた瞬間、驚いて小さな声を上げた。

少し腰が曲がったリサの横に、もう二度と会わないと思っていた蒼真が立っていたからだ。仕立てのいい、こげ茶のカシミアのロングコートを着た彼に圧倒される。

「桜」

「どうして来たんですか……?」

桜のブルーグレーの瞳が、蒼真を睨みつける。

「私は部屋へ戻るけど、なにかあったら呼んでちょうだい」

蒼真が桜の知り合いだとわかったリサは、隣の自分の部屋に戻っていった。彼が桜の部屋のドアを叩く音に気づいたリサが、それを不審に思って出てきたのだった。

「桜、中へ入れてくれないのか?」

桜は困った。寒くて殺風景な部屋を見られたくなくて、室内に入れたくない。しかしここで話をしていると、向かいの口うるさい年配女性の部屋のドアが開きそうだ。

「……入ってください」

仕方なく身体を引くと、蒼真を入れてドアを閉める。室内へ進んだ蒼真は、ベッドと小さなテーブルだけの質素な狭い部屋に驚きを隠せない。

「あまりじろじろ見ないでください……」

蒼真の身体が大きいせいで、部屋がより狭く見える。次の瞬間、蒼真の後ろにいた桜は、振り返った彼に強く抱きしめられていた。

「蒼真兄さま……？」

（どうして私は抱きしめられているの？　どうしてここに蒼真兄さまがいるの？）

「黙って帰るんじゃない。身体は大丈夫か？」

桜の耳元に、蒼真の切ない吐息がかかる。声はとても心配そうだ。

彼に抱きしめられて鼓動が暴れ始め、桜の頭はクラクラしてきた。

「大丈夫です……」

蒼真の胸に手を置き、密着を避けようとした。そんな桜の頬に、彼の指が撫でるように触れてくる。

「冷たいな。暖房はついていないのか？」

外にいるのと同じくらいこの部屋は寒く、コートを着ていてもいっこうに暖かくならない。蒼真にみじめな生活を見せたくない桜は、ヒーターに近づいた。コンセントを入れ、スイッチを押すが、ヒーターはうんともすんとも言わない。

「つかないなんて……」

数日つけなかった間に、どうやら壊れてしまったようだ。

「桜、温かい昼食をとりに行こう」

一瞬困った顔をしたが、桜は頷いて、椅子にかけてあった黒のコートを羽織る。それを見ていた蒼真は、このアパートメントがあまりにもみすぼらしく、治安の悪い場所であることに驚いていた。桜が今まで犯罪に巻き込まれなかったのが不思議なくらいだ。こんな生活をしているとは、思ってもみなかった。

ふたりはアパートメントから通りに出てタクシーを拾い、蒼真がチェックインしたホテルへ出発した。

世界で五番目の大きさを持つミシガン湖《こ》が望めるホテルへ到着すると、タクシーを降りる。乗っている間、桜はずっとうつむいており、会話はなかった。なぜ婚約したはずの蒼真がここに来たのか、桜は困惑していた。

蒼真は桜の冷たい手を握ると、ホテルの一階にあるレストランへ向かった。

クラシカルな雰囲気のレストランに足を踏み入れたふたりは、湖が眺められる窓席に案内される。

上質な仕立てのいいコートを脱いで、席に座った蒼真は、桜にメニューを差しだす。コートの下はカジュアルな紺色のジャケットに、グレーのスラックスだ。

「食べたいものを頼むといい」

「……なんでもいいです」

桜の表情はずっと当惑したままだ。蒼真がなんの用事で自分に会いに来たのか、それを聞くのが怖かった。流暢《りゅうちょう》な英語で彼がウエイトレスに注文しているのを、神経を張って見ているだけ。

「桜」

テーブルの上に手を置いていると、目の前の蒼真に手を重ねられて、肩をビクッと跳ねさせる。桜の手は凍っているように冷たい。

慌てて引っ込めようとするが、ぎゅっと握られて阻止されてしまう。

「離して、蒼真兄さま……」

掴まれたまま彼の手から顔へと視線を向ける瞳は、困っている。

「桜、もう離れたくないんだ」

「意味がわからないです……蒼真兄さまは、愛理さんと婚約を……」

「解消した」

さらっと言われて、桜はポカンとした顔になってから蒼真をまじまじと見つめる。

そこへ具だくさんのクラムチャウダーが運ばれてきた。

「話はあとにして、先に食べよう」

蒼真は顔色の悪い桜に食べるよう促した。

シカゴの街は雪が降っていた。湖にも雪が舞い落ちて消えていく、美しい光景だ。

桜はクラムチャウダーに手をつけるのも忘れ、窓の外に気を取られた。

(こんなにゆっくりこの湖を見たのは、いつが最後だろう。グランマが亡くなる前、友人と食事に来たとき以来……)

湖を見つめる桜の寂しそうで遠い目が、蒼真は気になった。

「桜、クラムチャウダーが冷めてしまう」

おいしそうなボリュームたっぷりのターキーサンドも、ふたりの目の前に置かれる。

「……どうしてここへ来たの?」

ウエイトレスがいなくなると、桜は口を開く。

「お前が逃げたからだ……食べてから話そう。まずは食べるんだ」

蒼真はもう一度念を押した。桜がコクッと頷いてスプーンを手にし、口へ運ぶのを見てから、彼もターキーサンドを食べ始めた。

三十分後。食事が終わり、蒼真はチェックインした部屋に桜を連れていこうとした。

「部屋は嫌。話があるのならここで話して」

ロビーの中央で立ち止まった桜は、部屋に行くのを拒否する。

「人がたくさんいるここで、話せるわけがないだろう?」

確かにロビーはグループ客や家族連れが横行しており、話ができる状態ではない。

それは桜にもわかっている……けれど、ふたりっきりになるのが怖い。蒼真はどんな話をするのだろうと、食事中も恐れていた。

「桜、最初から話をしよう。悪い内容じゃない」

「蒼真兄さま……」

ようやく観念し、蒼真と共にエレベーターホールへ向かった。誰もいないエレベーターに乗り込み、ドアが閉まると、蒼真は安堵した。

ジュニアスイートルームに入ると、桜をソファに座らせる。手にしていたコートを窓際の椅子の上に置くと、斜め前のひとりがけのソファに腰かけた。桜はずっと黒のコートを着たままだ。

「桜、三年前のことを話してほしい」

蒼真を見つめる桜のブルーグレーの瞳が揺れた。

ずっと誤解を解きたかった。その機会がやっと訪れたが、あのことを思い出すと手が震え、動揺してしまう。

会うまではあんなに聞いてほしかったのに、今はどうでもいい心境だ。

「もういいの……」

忘れたい記憶だけれど、忘れてはいけない記憶。

蒼真は両手を組んで、桜が話しやすいように静かに口を開く。

「どんなことでもかまわない。話してくれないか。望に……レイプ——」

「されてない！」

彼の言葉を、桜は強く遮った。

「よかった……すべて話してほしい」

蒼真は懸念が的中していないことにとりあえず安心したが、桜が嘘《うそ》を言ってはいないだろうかと、彼女の瞳を見つめる。

「今さら話すことなんてない……」

桜は、蒼真の真実を見透かしそうな瞳から逃れるように、目を逸らした。

「数日前は話したそうだったじゃないか」

「思い出したくないの……三年前……蒼真兄さまは冷たい目で私を見た……」

あのときの彼の姿がよみがえり、悲しそうな顔になる。

「望の死で、打ちのめされていたんだ。あのときは、お前に申し訳ないことをしてしまったと心から思っている」

望が亡くなったと連絡を受けたときのショックは今でも忘れられないが、桜に冷たい態度を取ってしまったことを思い出すと、蒼真は悔恨の情に駆られていた。

(それはわかっている……蒼真兄さまと望くんは、とても仲のいい兄弟だったから)

「出張先から戻ったときには、お前はシカゴの祖母の家に行ってしまっていた」

「手紙……書いたの……蒼真兄さまの机の上に……」

蒼真の真剣な気持ちに少し心が揺れ、桜は手紙のことを言ってみた。

(泣きながら書いた別れの手紙を、蒼真兄さまはきっと知らないのだろう)

「手紙？　俺の机の上に手紙を置いたのか？」

やはり彼はその存在を知らなかった。

「桜、本当に手紙を読んでいないんだ。誰が隠したのかは見当がつくが」

「もう……いいの。お仕事でアメリカへ来たのでしょう？　私はもう帰る」

桜はきっぱり言い、立ち上がった。

「俺が仕事で来たと思っていたのか？」

蒼真も立ち上がり、桜へ近づく。彼を見下ろしていた桜は、顔を上げなければならなくなった。元々、蒼真の切れ長な茶色の瞳は、人に冷たい印象を与える。しかし、あの事故まで桜はその瞳を冷たく感じたことはなかった。事故後、病室で会ったとき、初めて冷たいと思ったのだ。

(今の蒼真兄さまの瞳は温かい。あのときとは違う。けれど……もう元には戻れない)

出入口へ向かう桜を蒼真が追う。ドアの前まで来ると、桜は腕を伸ばして、彼の身体に一度だけ抱きついた。

「さようなら」

小さく呟き、腕を離すと、ドアを開けて出ていった。

「桜! 待つんだ!」

抱きつかれた蒼真はしばらく立ちすくんでしまい、その隙に桜はタイミングよく開いたエレベーターに乗り込んで、去っていった。

エレベーターが閉まる直前、桜の頬に伝わる涙を蒼真は目にした。

「くそっ!」

またしても桜に逃げられてしまった不甲斐《ふがい》なさと苛立ちで、壁に拳をぶつける。

急いで次のエレベーターで向かったが、ロビーにも、ホテルを出た通りにも、彼女の姿はなかった。

桜は泣きながら道を歩いていた。行き交う人々にじろじろ見られたが、かまわず涙を拭きつつ歩く。

（アパートメントに帰れば、また蒼真兄さまが来るかもしれない……ハリーのところへ行こう）

仕事先には一週間休みをもらっていたが、職場である書店へ向かう。

毎日がアパートメントと書店の往復の生活。ひとりだけ親友と呼べる友人がいるが、今は大学のセミナーでシカゴにいない。真面目《まじめ》な桜はほとんど遊ばずに、お金を貯めていた。貯めたからといってなにかをしたいわけでもなかったが、できればあのアパートメントを出たかった。

二十分かけて書店に着くと、雪の中を傘も差さずに歩いたせいで、びっしょり濡れてしまっていた。

「サクラ！　いったいどうしたんだ？　日本に行ったんじゃなかったのか？」

オーナーのハリーが、姿を見せた桜に驚いた。奥の部屋からタオルを持ってきて渡してくれる。

「昨日帰ってきたんです。お給料はいいですから、仕事をさせてください」

ハリーは桜の様子から、なにかあったのだろうと思ったが、それ以上は聞かずに深く頷いた。物静かでいて芯の強い桜を、ハリーは自分の娘のように思っていた。もちろん、いつも一生懸命な彼女を、無償で働かせることなどしないつもりだ。

蒼真から逃げるためにここで時間を潰したい桜は、濡れた髪を拭き、コートを脱いでエプロンをつけると、本の整理を始めた。


桜に逃げられた蒼真は、もう一度彼女のアパートメントへ向かった。

「桜！　桜？」

ドアを叩いていると、先ほどのリサという年老いた女性が顔を覗《のぞ》かせる。

「あんたは、さっきの……サクラは戻ってないよ」

そう言うと顔を引っ込めて、ドアを閉めた。

蒼真は一時間ほど、身を切るような寒い部屋の前で待っていたが、出直すことに決めてアパートメントをあとにした。


ホテルに戻り、凛子に電話をかける。

『蒼真さま、桜さまに会えましたか？』

「会えたことは会えたが……逃げられた」

『手ごわい相手ですね。桜さまは』

蒼真から二度も逃げる桜は、ある意味すごい、と凛子は笑いを噛《か》み殺そうとする。

「笑い事ではないんだ。桜はひどいアパートメントに住んでいる」

凛子のかすかな笑い声が聞こえ、蒼真は真剣な声色になる。

『失礼しました。ひどいアパートメントとは？』

「治安が悪いと言われている地区に住み、凍えるほど寒いというのにヒーターも壊れていた」

思い出すと蒼真の胸は痛くなる。

『桜さまは苦労なさっておいでだったのですね』

凛子は桜のシカゴでの様子を聞き、悲しみの表情を浮かべた。

「ああ。もう少し時間がかかりそうだ。あとをよろしく頼むよ」

『かしこまりました』

蒼真は電話を切った。


「サクラ、もう上がっていいよ。疲れた顔をしている」

ハリーに言われるまで、桜は黙々と本を分類したり注文書を作成したりしていた。

仕事をしながらも、蒼真のことばかり考えてしまっていたのだが。

「はい。わかりました」

父親ぐらいの年齢のオーナーに返事をすると、エプロンを外す。

「気をつけて帰るんだよ。明日はゆっくり休みなさい」

心配するハリーに、にっこり笑うと、コートを着て店を出た。


十七時を回ったところだが、もう外は暗かった。桜は足早にアパートメントに戻る。暗くなれば治安がより悪くなるこの場所。歩くときは、非常に緊張する。

自分の部屋に着き、鍵をバッグから出して開けようとすると、ドアが開くことに気がついた。

(えっ……? なに? 鍵、かけたよね……?)

「きゃ……っ!」

おそるおそる静かにドアを開けて中へ入った瞬間、悲鳴を上げた。部屋の中が荒らされていたのだ。

(ひどい……!)

玄関からすべてを見渡せるワンルームはめちゃくちゃだった。

震える足で窓際に行く。台に置いていた大事なものが全部なくなっていた。

「ない……」

桜の目から涙がこぼれる。

蒼真からもらったクリスタルガラス製の動物の置き物が、見当たらない。部屋をひどく荒らされていることよりも、大事なものが盗まれたことがショックだった。

呆然《ぼうぜん》としていると、どこからかギィィという物音がして、桜の心臓が跳ね上がる。

（嫌っ、怖い……！）

震える足を無理やり動かす。部屋を荒らした犯人がまだこのアパートメントにいるかもしれないと思うと、足がすくむ。勇気を振り絞ってアパートメントをあとにした。

隣のリサのところに行くということは考えつかなかった。頭に浮かぶのは蒼真だけ。自分を守ってくれるのは蒼真しかいない気がする。

（もう二度と会わないつもりだったのに……）

辺りに気をつけながら道路に出ると、唯一安心できる人の元へ走った。

昼間に来たホテルのロビーへ入ると、従業員は桜を見て怪訝《けげん》そうな顔をした。ロビーに姿を現した彼女は息を切らし、青ざめた顔で一心不乱にエレベーターを目指していたからだ。ハーフの桜は東洋系の顔立ちで、外国人からは、二十一歳の実年齢よりもっと若く見られてしまう。

(蒼真兄さま……確か……一三一一号室……)

震えが止まらない手でドアチャイムを鳴らしても、返事がない。

(いない……もしかしてもう日本へ……？)

体力を使い果たした桜は、ドアの前に座り込んだ。

蒼真はチャーターした車を走らせて、いい加減戻っている頃だろうと、再び桜のアパートメントに行った。

時刻は十八時を回っていた。身なりのいい彼は辺りを気にしながらアパートメントの階段を上り、桜の部屋に向かった。

玄関のドアは大きく開いていた。明かりは漏れておらず、眉をひそめながら近づく。

「桜？」

入口にあるスイッチを押して電気がついた部屋に、驚愕した。物が乱雑に散らばり、荒らされていたからだ。

桜が血だらけで倒れている姿が思い浮かび、恐怖が身体を支配する。

「桜っ！」

最悪な考えがよぎって部屋の中へ入る。狭い室内に桜の姿はなかった。トイレやバスルームを見るが、いない。

「桜……」

ポケットからスマホを取りだすと、シカゴ警察に電話をかける。

どこにいるんだ？　まさか連れ去られたのでは？　そう考えると眩暈に襲われた。

警察はすぐに来た。蒼真は事情を説明して、桜を緊急手配してもらう。

「この辺りは昨日も強盗が入っているんですよ」

警察官は苦々しい表情で蒼真に言った。

桜の隣であるリサの部屋も強盗に入られていた。発見されたとき、リサは頭を殴られて気を失っていた。

蒼真は桜が心配でたまらなかった。どこにいるのだろうか、まだ帰っていなくて空き巣に入られたことを知らないのだろうか、といろいろなことを考える。

そして悪い想像が頭を駆け巡ると、いても立ってもいられなくなった。

「ミスター・アキヅキ。手がかりを頼りに、ミス・クラインを探しだします」

財布から桜の写真を取りだすと、若い警察官に渡す。

「三年前の写真です。髪は現在、肩甲骨までの長さになっています」

警察官は「全力を尽くします」と約束した。


ホテルに戻った蒼真は、エレベーターを降りて自分の部屋が近くなると驚いた。それと同時に大きく息をつき、胸を撫で下ろす。部屋の前に、濡れた黒のコートを着た桜が膝を立てて、そこに顔をうずめて丸くなっていたのだ。

「桜！」

蒼真に名前を呼ばれた彼女は、ハッと顔を上げた。

「蒼真……兄……さま……」

うとうとしていたらしく、瞬《まばた》きを数回して蒼真を見る。

「桜、大丈夫か？」

桜が立ち上がる。見たところ怪我はしていないようで、蒼真は愁眉を開く。

「部屋に戻ると荒らされていて……怖くて……」

あまりの心細さに、桜は蒼真に抱きついた。彼は小刻みに震える桜の背に腕を回す。

「ああ。警察を呼んだ」

その言葉に驚いた桜は蒼真を見上げた。

「さっきアパートメントに行ったんだ。荒らされた部屋を見て、お前になにかあったんじゃないかと心配した」

蒼真は泣きはらした顔の桜を見て、どんなに怖かっただろうと思った。

カードキーでドアを開けると、彼女に入るよう促す。

ソファに桜を座らせ、スマホを取りだして、シカゴ警察へ電話をかける。彼女を見つけたことを伝え、引き続き捜査をしてもらうよう頼む。

蒼真が電話をしている間、桜はソファで膝を抱えていた。

電話を終わらせた蒼真はバーカウンターに行き、小袋のココアを見つけた。カップに粉末を入れ、湯を注ぐ。

「これを飲みなさい。温まる」

ココアの入ったカップを差しだすと、桜は素直に受け取る。両手で包むようにカップを持ってひと口飲む彼女を見てから、部屋の電話でコンシェルジュに、桜に必要と思われるものを一式頼んだ。

「髪が濡れている。バスタブに湯を張ったから風呂に入るんだ」

温かいココアを飲み始めても寒さに震えている桜。蒼真は彼女の髪のひと房を手にする。

身体が冷えきっていた桜は彼の提案を受け入れ、ソファから立ち上がり、バスルームへ案内する蒼真のあとについていく。

「ひとりで大丈夫か？」

ショック症状なのか、覇気のない桜が心配になる蒼真は、医師としての目で彼女を見つめる。

「大丈夫……」

豪華なバスルームの中に入った桜は、ドアを閉めた。

なんだか頭がぼんやりするのを感じながら服を脱ぎ、バスタブの中に身体を沈める。

冷えきった身体に、じわっと熱さが沁《し》みてくる。

（これからどうしよう……）

空き巣の被害はわからないが、金目のものは全部盗られているだろう。銀行に預けたお金は無事だとしても、生活を立て直すまでに桜の全財産が飛んでしまうかもしれない。心細くなって涙が溢れてくる。

しばらく湯船に浸《つ》かっていた桜だが、湯が冷めてきたことに気づき、身体を洗い始めた。

——ドンドンドン！

バスルームのドアが激しく叩かれる。

めったに声を荒らげない蒼真の叫びが、桜の耳に飛び込んできた。

「桜⁉　大丈夫か⁉」

ドアを叩く音にハッとして、かなりの時間が経っていることに気がつく。

「は、はいっ」

桜の小さくこもった声では聞こえない蒼真は、ドアノブをガチャガチャ回し始める。

桜はシャワーを止めてバスタオルを手にした。ドアノブが壊れそうだ。急いでバスタオルを身体に巻き、ロックを解除してドアを開けた。

顔だけ覗かせる彼女を見て、蒼真は安堵する。

「大丈夫か？　あまりにも遅いからドアを蹴破ろうとしていたところだ」

「ごめんなさい……あの……そこのバスローブを……」

パウダールームの壁にかかっているバスローブを取ると、桜に渡す。

一度バスルームに引っ込んだ彼女は、少ししてからバスローブを着て出てきた。

「髪を乾かそう」

蒼真は桜をパウダールームのドレッサーの前に座らせると、彼女の髪にドライヤーを当て始めた。

「自分で――」

「疲れきっているだろう？　おとなしくしていろ」

蒼真にされるがまま、仕方なく桜はじっとしていた。昔も『風邪をひく』と言って、ドライヤーをよくかけてくれたのを思い出した。

少し落ち着きを取り戻した桜は、夕食をとると、蒼真に眠るように言われ、クイーンサイズのベッドの端っこに横になった。

不安ばかりだが、このときだけはスプリングの効いた心地いいベッドに横たわり、蒼真が近くにいることで安らぎを覚えた。また明日になれば、心配事で頭を悩ませなくてはならない。桜は明日のために目を閉じた。

数分後、蒼真が様子を見に来たときには桜は眠っていた。その寝顔のあどけなさに微笑み、静かにベッドの端に腰を下ろす。顔にかかる髪を優しく払い、ずれていた上掛けをかけ直していると、ドアチャイムが鳴った。その音にもピクリともせず、桜は深く眠っている。

ドアを開けると男性コンシェルジュが立っており、大きな紙袋と箱を抱えていた。

「ご入り用のものは、こちらで問題ないでしょうか。またご用の際にはいつでもお手伝いいたします」

丁寧にコンシェルジュは蒼真にお辞儀をすると、部屋へ荷物を運ぶ。

「ありがとう。助かったよ」

英語で伝え、チップを渡すと、彼は出ていった。

一段落した蒼真は机に向かい、ノートパソコンをカバンから出して仕事を始めた。

凛子へは、桜が風呂に入っている間に、彼女が見つかったことを連絡していた。相当心配していた凛子は安堵した様子だった。

二時間ほど論文を書いた蒼真は、ベッドルームへ桜の様子を見に行く。雪でびしょ濡れだった彼女の体調が心配で、額に触れてみたが、熱はないようだ。

桜が自分を頼り、来てくれたのが嬉しかった。蒼真はなにがなんでも彼女を説得し、日本へ連れて帰ろうと決心していた。

桜は寝返りを打った。いつもは壁にぶつかってしまうのに、それとは違う温かいものにぶつかった。

(え……?　ベッドもふかふか……!?)

ハッとして身体を起こして、ベッドの上に起き上がった。

その温かいもののほうを見ると、蒼真の瞳と視線が合う。笑いを含んだ口元に、まだはっきりしない頭でもドキッとした。

(そうだ……蒼真兄さまの部屋に……)

それと同時に、なぜ自分がここにいるのかを思い出してしまうと、ぞくりと背筋に冷たいものが走った。

「桜、大丈夫だ。俺がいる」

瞳を曇らせた桜に蒼真は筋肉質の腕を伸ばして、抱き寄せた。

「安心して。もう怖いことなど起こらない」

蒼真の腕の中にいれば心配はいらないが、ここで桜はひとりでやっていかなくてはならない。もっと強くならなければ、と彼の腕から抜けだす。

「……もう平気です。帰ります。部屋も心配だし……迷惑かけてごめんなさい」

ベッドから下りて、バスルームへ行くとすぐに戻ってきた。幼さの残る顔をしかめている。

「私が着ていた洋服はどこですか？」

まだベッドの上にいる蒼真に聞いた。

「クリーニングに出している」

隣の部屋に新品の洋服一式があるのだが、今は言わない。ここで渡してしまえば桜はすぐに帰ろうとするだろう。

「え……」

彼女は心許《こころもと》なさそうに、バスローブの合わせ目に手を置いている。

「……いつ返ってくるのですか？」

「さあ？」

蒼真は外国人のように、軽く肩をすくめてみせる。

「さあ？って……」

桜はベッド横のサイドテーブルに近づき、受話器を取った。クリーニングの仕上がりの時間を聞こうとしたのだ。

しかしその手が掴まれる。

「蒼真兄さま！」

受話器を戻した蒼真を睨む。

「まだ六時を回ったばかりじゃないか」

「仕事があるんです。だからゆっくりしていられないんです」

「わかった。でも朝食を食べる時間はあるだろう？」

その提案にも首を横に振ると、明るい茶色の髪がふわっと揺れた。

「家に帰りたいんです」

「大事なことを忘れてはいないか？　桜の部屋は立入禁止だ。おそらく午前中はまだ解除されないだろう」

「立入禁止……」

そこまで考えが回らなくて、がっかりと肩を落とす。

「それに金もないだろう？」

蒼真に痛いところを突かれて、困惑した。毎月お金を貯めていた大事な通帳やキャッシュカードも無事ではないだろう。再発行するにしても、すぐにできるかどうか。現在、財布の中には、二百ドルほどしかない。

「ハリーに言えば……」

昨日は気が動転して蒼真しか思い出さなかったが、仕事先のオーナー、ハリーを頼ろうと考えついた。

「ハリー？」

初めて桜の口から男の名前が出て、問いかけるように蒼真の片方の眉が上がる。

「桜の恋人か？」

その男に抱かれる彼女を想像すると、心の中にどろどろした塊が湧きだしてくる。

（蒼真兄さまは、ハリーを私の恋人だと思っている……それでいいのかもしれない）

「……そうです」

「では、なぜその恋人を頼らなかった？」

「それは……それは……蒼真兄さまのほうが……」

桜が視線を泳がせ、一瞬困った顔になったのを見て、蒼真はベッドから下りて近づいた。

「俺のほうが、なんだ？」

彼女の顎に手をかけ、問いかける目つきで瞳を合わせる。

「蒼真兄さまのほうが……お金を持っているから……」

鋭い目で蒼真に見つめられて、桜は視線を逸らす。

「金目当てか……では、お前を買おう」

桜の言葉にがっかりした蒼真は、深いため息を漏らしてから、はっきりと口にした。

彼女の気持ちを自分のほうに持ってくるには、時間がかかると思ってはいたが。

「なに言っているの……？　私を買うって……？」

突拍子もない蒼真の発言に、桜は唖然とする。

「金でお前が買えるのなら、ここへ来た甲斐があった」

彼が浮かべた自虐的な笑みには気づかなかった。

「おかしいよ。そんなのおかしいっ！」

蒼真の手を振りほどこうとするが、力の差は歴然。

「金が欲しいんだろう？　お前は生活に困っている」

「確かに困っているけれど、さっき言ったことは嘘よ！　蒼真兄さまのところへ来たのはお金目当てじゃないっ！」

「俺はそれでもかまわない。桜が欲しい」

小さく首を横に振って、真面目な表情で蒼真は言った。彼は桜の苦労している姿を見たくなかった。自分のそばに置けるのなら、どんな理由でもつける。

彼から自分を欲しいと言われ、桜は嬉しかった。しかしすぐに落胆する。

（蒼真兄さまが私を欲しがるのは、愛しているからじゃない。私の生活に同情してい

るだけ……あの事故の全容を話していないのに、許してくれるはずがない）

「私はハリーを愛しているの」

「では、ハリーと会わせてもらおうか」

きっぱりと言われ、うなだれる。

（ダメだ……私が蒼真兄さまに口で勝てるわけがない）

「今は……出張を……」

「昨日の時点で彼を思い出さなかったんだろう。つまりお前はハリーを愛していない。彼のことは忘れろ」

蒼真は桜をグイッと引き寄せると、唇を重ねた。ぎゅっと閉じる唇を強引に開けさせようとするみたいなキスだ。

「ん……っ……い、嫌っ！」

唇が割られる前に、桜は思いっきり顔を逸らした。

「嫌っ！」

「桜、ダメだ……もう逃がさない」

桜の華奢なうなじが目に入り、そこに蒼真は唇をつけた。

「んっ……あ……」

うなじからもたらされる、身体が疼《うず》きそうな感覚に負けないよう、桜は蒼真の胸に手を置き、抵抗を試みる。

「一緒に日本へ帰ろう」

耳元でささやかれた言葉に驚いた。

「蒼真兄さま……」

(日本に帰れるわけがない……あんな苦しい思いをするのは、もう嫌……)

「ここにいても、金に困った生活だろう?」

「でも……! 私を憎む人たちはいない」

美沙子や明日香のことだ。ふたりには以前から冷たくされていたが、望の死以降は憎まれてもいた。

桜の言っている内容がわかる蒼真は、心の中でため息をつく。

どうにかして、頑《かたく》なになってしまった桜の心を溶かさなければと思う。

「朝食をとりながら、落ち着いて話をしよう。桜が納得のいく話をしてくれれば、俺はひとりで日本へ帰る」

桜はその言葉に少し思い悩んでいたが、頷いた。

「朝食が来るまで、ここで待っているんだ」

桜の頬にそっと指で触れ、蒼真はベッドルームから出た。隣の部屋に入り、床に置きっぱなしの桜の新しい洋服一式をクローゼットの中へ入れた。着替えれば、彼女はまたすぐに帰ろうとするかもしれない。

受話器を取り、ルームサービスに朝食をふたり分注文した。

ベッドルームにひとり残された桜は、仕方なくベッドの端に座った。

(蒼真兄さまの考えていることがわからない……もう私たちは昔のようには戻れないのに……)

少しして、朝食の用意ができたと蒼真がドアから顔を覗かせた。桜は白いタオル地のバスローブの紐《ひも》をぎゅっと締めた。その下にはなにも着ていない。さっきは気にならなかったが、蒼真が着替え終わっているせいか、今は意識してしまう。

ベッドルームを出ると、マホガニーの大きなテーブルの上にふたり分の朝食が用意されていた。

白の長袖のニットとグレーのパンツを身に着けた蒼真に、椅子を引かれる。

「座りなさい」

桜が席に着くと、蒼真は紅茶をカップに注いで渡す。

「いただきます」

カップを受け取った桜はひと口飲むと、できたてのスクランブルエッグを口に運んだ。蒼真は食べる彼女を見守っていた。

「そんなに見ないで……」

自分をずっと見ている視線。意識してしまうと途端に居心地が悪くなる。

「桜が逃げないか見張っているんだ」

蒼真が苦笑いを浮かべる。前に逃げられたことをふまえての軽いジョークだ。

「こんな姿じゃ……無理だから……」

日本で会ったときとは違う、柔らかい表情になった蒼真を見て、桜は昔に戻ったみたいな錯角に陥りそうだった。

(でも、昔には戻れない……)

「桜、俺の言ったことは本気だ」

「言ったことって……?」

覚えているが、わざととぼける。

「その前に、はっきり知りたい。あの日、なにがあったんだ? 望の様子は?」

蒼真は初めからちゃんと聞きたくて、桜をじっと見つめる。望の名前を出すと、彼女の瞳が動揺したように揺れた。

「本当に知りたい？」

あのときのことを話すのは、苦痛を呼び起こす。

「もちろん知りたい」

桜はフォークを置いて喘ぐように呼吸をすると、口を開いた。

「……あの日……別荘に行ってしばらくしたら……望くんに『厩舎へ行こう』って言われたの。馬のおやつのにんじんと角砂糖を持って……夜にそんなことを言うのは、おかしいと思ったんだけど……」

蒼真は静かに聞いている。その表情は真剣そのものだ。

「厩舎に向かうときから、望くんは様子がおかしかった。ふらついたり、くすくす笑ったり……心配していたら……いきなり抱きつかれて……」

乱れ始めた呼吸を整えようと、ひと息ついた。

桜の手が震えだすのを見て、蒼真の表情が歪む。彼女の様子がおかしくなってきた。思い出すのが苦痛なんだろうと思案するものの、桜にはかわいそうだが真相を知りたかった。

「え……っと……どこまで……？」

桜は自分の身体に腕を回す。

「望に抱きつかれた」

「そう……抵抗すると、望くんはふらふらと倒れ込んだの。慌てて起こそうとしたら、押し倒されて……」

「なにかされたのか⁉」

祐二から話は聞いていたが、桜の口から真実を聞きたい。だが、憤って、先を促すように急かしてしまう。

「……キスされそうになって……必死に抵抗したら、そばにおいてあったガス式のランタンが倒れて……あっという間に干し草に火が移って……」

あのときのことを鮮明に思い出して、吐き気を覚える。桜は両手を頭に置き、ガタガタと震え始めた。

（倒れちゃダメ……）

荒い呼吸をする桜に、蒼真は慌てて近づく。

「桜！　どうした⁉」

「ダ……メ……」

彼の腕の中で、桜は意識を失った。

蒼真はすぐに桜をベッドルームに運んだ。気を失った彼女の顔を見つめていると、後悔ばかりが心を占める。

あのときのことが深い心の傷となっているのが、かわいそうでならない。

なぜ、怯《おび》えた桜を優しく抱きしめてやらなかったんだ、自分に襲いかかってきた望を助ける余裕などなかっただろう……と悔やむ。

顔にかかった明るい茶色の髪を、そっと払う。高い頬骨、大きな目、長い睫毛、ピンク色の唇。

父親がアメリカ人で母親は日本人。ハーフの桜は人形のように可愛い。美人というよりは幼さの残る顔立ちだが、もう少し経てば美しくなるだろう。

彼女は五歳までシアトルにいたが、父親の仕事の関係で家族で日本へやってきて、初めて会った。当時の蒼真は十三歳で、小さな桜を見たとき、フランス人形が歩いていると思ってしまったほどだ。それからは近所に住んでいたこともあり、蒼真が留学するまではよく会っていた。

両親が交通事故で亡くなり、秋月家に来た桜は当時十四歳。愛らしい桜は使用人たちにも愛されていたが、美沙子と明日香には嫌われていた。居候《いそうろう》の身である桜は肩身が狭く、迷惑をかけないよう静かに暮らしていた。

その頃、蒼真は留学中で、長期休暇のたびに帰ってはくるが、数日でまた渡英しなければならない。研修などで時間がなく、早く留学を終わらせ、桜のいる日本へ戻りたかった。

桜と年が八歳も違う蒼真は、彼女に恋愛感情を持ってはいけないと思っていた。まだイギリスにいるときはそんな気持ちも抑えられたが、帰国後、桜を好きな気持ちは、ある日を境に変わっていく。

桜が十八歳になった頃だった。同級生の男に送られて帰ってきたのをたまたま見て、その男に嫉妬した。そして、桜を独占したいと思っていることに気がついた。

蒼真はとうとう感情を抑えきれなくなり、桜に『愛している』と告白する。

二十六歳の蒼真に愛を告げられ、桜は戸惑った。それでも、誰よりも好きな彼からの告白が嬉しくないわけがない。桜は自分からはなにも要求しないおとなしい子だったが、意思はしっかりしていた。

ふたりが恋人同士として過ごすようになるのに、時間はかからなかった。まだ十八歳の桜のことを考えて、キスだけの可愛い付き合いだった。

蒼真は、望も桜に気があったのは知っていた。しかし自分は桜を手放せない。大事な弟でも彼女を渡したくなかった。

あのとき、気が動転しており、母から『ふたりが火遊びをして、桜ひとりで逃げたせい』と聞かされたことで、桜本人から真実を聞こうとしなかった。

美沙子に、火事の原因はランタンの火ではなく、桜が持っていたライターだとも教えられていた。警察からそう聞かされた、と美沙子は言ったのだ。

望の死で動揺していた蒼真は、その言葉を信じてしまった。

そのまま三年間も無駄な時間を過ごしてしまったと思うと、自分が腹立たしい。その間に桜は苦労をしていたのだ。

眠っている彼女の目じりから涙が流れ、枕を濡らした。

「桜……どんなに怖かったか……燃え盛る炎から逃げるのは大変だったろうに……」

蒼真が指先で頬を伝う涙を拭うと、桜の瞼がゆっくり開いた。

「そ……うま……に……い」

彼女の手を握った。

「大丈夫か?」

桜は蒼真に聞かれて、小さく頷く。

「つらいことを聞いてしまった」

蒼真が立ち上がると、彼女の顔が一瞬不安そうになった。

「すぐ戻るよ」

一旦出てからベッドルームに戻ると、桜はベッドに起き上がっていた。

「これを飲みなさい」

ミネラルウォーターの入ったグラスを桜の手に持たす。喉が渇いている彼女は、ゴクゴクと飲み干した。

「もっと……」

蒼真は再びミネラルウォーターのペットボトルを持ってきて、グラスに注ぐ。

グラスを持つ桜の手が小刻みに震えているのを見て、取り上げると自ら水を口に含み、彼女の顎を持ち上げて唇を重ねた。そして、こぼさないように口の中へそっと流し込む。

「ん……っ……」

キスをされたことに驚いた桜は、流し込まれた水をコクッと飲んでいた。

「ん……は……ぁ……」

飲み込んでから大きく息を吐く。

「桜」

一度キスした蒼真の欲望は、治まらなくなった。

再び桜と唇を重ねる。歯列を舌でなぞり、口を開かせる。

三年前はこのキスが最大の愛情表現だった。

「っ……や……どうして、どうしてキスするのっ⁉　愛理さんがいるのにっ！」

桜には、甘くキスをしてくる蒼真がわからない。

「愛理とは、ここへ来る前に婚約を解消したと言っただろう。結婚はしない」

「婚約を解消……？」

困惑する桜を蒼真は再び引き寄せ、唇を重ねた。

「っふ……ん……ん……」

桜の唇を攻め立てる。辛抱強く、彼女がキスを返してくれるのを待った。

「ん……」

桜の身体の力がようやく抜けて、腕が蒼真の首に絡まると、彼の唇は敏感な耳朶《みみたぶ》に移る。

「ん……嫌……っ……」

耳朶を甘噛みされて、桜は我に返った。

「……桜が欲しい」

（蒼真兄さま……抵抗なんてできるわけがない）

あんなに触れたかった人に求められているのだ。

蒼真の舌が再び、桜の唇をなぞっていく。

奪ってしまいたい気持ちだったが、桜の気持ちを無視するわけにはいかなかった。

突然、桜は自由の身になり、自分から離れる蒼真に戸惑う。

「このまま進むわけにはいかないだろう?」

「蒼真兄さま……」

「いろいろなことが一度に起こりすぎた。お前に考える時間をあげよう。俺と一緒に日本へ行くか、あの部屋に戻るか」

桜が自分を選択してくれるか、自信はないが言っていた。

蒼真は桜の頬に触れ、優しく撫でる。

『あの部屋』と聞いて、桜の頭には盗まれてしまったクリスタルガラス製の置き物のことがよぎった。

「あ……」

蒼真からもらった大切な宝物だった。

「どうした?」

そう聞いた蒼真だが、すでに桜の瞳からぽろぽろと涙が溢れだしていた。

「桜？」

突然泣きだした桜に、今度は蒼真が戸惑う。昔から彼女の涙に弱い蒼真。

「どうしたんだ、桜？」

「全部、盗まれちゃった……」

あの子たちひとつひとつに思い出があった。

記念日ごとにひとつずつ増えていった、クリスタルの置き物。

「なにを盗まれて悲しいんだ？」

泥棒に入られたこと自体ショックだろうが、泣きやまない桜に、蒼真は困り果てる。

「兄さまからもらったクリスタル……」

数日前に持ち帰ったコアラもなくなってしまった。

「クリスタル？　あれはシカゴへ来る前に、全部処分したのではないのか？」

桜が大きく首を横に振った。

大切な思い出が詰まっているあの子たちを捨てられるわけがない。誰にも信じてもらえず、失意のどん底にいた桜は、蒼真からもらったクリスタルガラス製の置き物だけが心のよりどころだったのだ。

それからの彼女は子供が泣くように泣きじゃくり、止まらなくなった。

「桜……」

蒼真は桜を抱き寄せた。

「大事にしていてくれたんだな……桜、日本へおいで。無理してシカゴにいる必要はないんだ」

猫っ毛の柔らかい彼女の髪を撫でる蒼真。その手の動きは、優しかった。

「あそこに残していくと思うと、心配で落ち着かない」

その言葉を発した途端、桜が顔を上げてなにか言いたそうに蒼真を見た。

(グランマが亡くなってから、なんでもひとりでやってきた。この場所が好きだけれど……)

心の奥ではずっと日本を恋しく思っていた。

「意地を張るのはやめてくれ。日本へ来るんだ」

蒼真は強い口調で告げた。

「……日本へ……行きます」

(ひとりで大丈夫と思ったのに、同意してしまった……これで私は蒼真兄さまから離れたくなくなる)

「そんなにショックだったのか?」

「え？」

なんのことかわからず、桜は涙に濡れた目を彼に向ける。

「クリスタルの置き物だ。今度プレゼントしよう」

「ううん。いらない……もう残るものはいらないの」

置き物のことを思い出して、また目頭が熱くなった。


桜がシャワーを浴びている間に、蒼真は着替えをベッドの上に置き、リビングへ戻る。とりあえず彼女を日本へ連れていけそうだと安堵していた。

窓の外から見えるミシガン湖に降り注ぐ雪。今日もシカゴは雪が降っている。

窓辺に立ち、景色をしばらく眺めていると背後に気配がした。

「蒼真兄さま……」

振り向くと、桜は蒼真が用意した新しい服に着替えていた。茶系のビロード素材のワンピースを着た彼女は、少し恥ずかしそうだった。

「これからアパートメントに行ってきます」

「アパートメントへ？　さっき警察から、現場検証は終わったと連絡があったが」

蒼真は形のいい眉の片方を上げて、桜を見た。

「なにを盗られたのか確認したいから」

「お前があの部屋にいないときでよかったよ」

下手《へた》すれば桜がレイプされて殺されていたかもしれないという考えが一瞬よぎるだけで、蒼真は身が切られそうなほどの痛みを覚える。

「そういえば、隣のおばあさんは頭を殴られていたんだ」

「え⁉　隣のおばあさんって、リサのこと？」

桜は心臓が止まるほど驚いた。

「ああ。部屋に行ったときに会ったおばあさんだ」

「リサだ！　行かなきゃ！」

踵を返し、ドアに向かおうとする。

「桜っ！」

蒼真はコートも着ないまま出ていこうとする彼女の腕を掴んだ。

「落ち着くんだ。病院も知らないだろう？　俺も行くから。コートを着てきなさい」

蒼真に諭された桜はベッドルームに戻り、上質なカシミアのコートに袖を通す。

ベッドルームを出ると、彼もコートを羽織っていた。

「一緒に行くよ」

「蒼真兄さま……ありがとう……」

「礼は態度で示してくれたほうがいいな」

一瞬戸惑った表情のあと、桜は背伸びして、差しだされた蒼真の頬にキスをした。


チャーターしている車が、ホテルのエントランス前で待っていた。ふたりはその車に乗り込み、リサの入院している病院へ向かう。

リサが怪我をした、と蒼真が聞いたのは偶然で、昨晩警察に被害の話を聞いたときに、担当警官が漏らしたのだ。桜とリサの親しい雰囲気を感じていたので、どこの病院へ入院したのかも聞きだしていた。

病院へ向かう車の中の桜は、言葉少なだった。リサの病状が心配なせいだ。

祖母と同い年のリサ。そんなか弱い老人が、頭を殴られたのだ。

(どうかリサの怪我が軽く済みますように……)

膝の上に置いた手を組み、祈っていた。

二十分後、ふたりを乗せた車は病院へ到着した。ナースステーションでリサの部屋番号を聞いて向かう。

大部屋の入口にリサはいた。ベッドの上に起き上がっている。

「サクラ！」

桜を見ると、リサはホッとした顔になった。

「サクラが無事でよかった」

「リサ、怪我は……大丈夫？　痛む？」

リサの頭は包帯が巻かれていて痛々しいが、それほどひどい怪我ではなく、数日後には退院できるらしい。

蒼真はふたりを黙って見守っていた。早口の英語でリサと会話する桜に、三年という月日の長さを思い知らされた。ふたりは祖母と孫のように打ち解けていた。

桜がふいに振り返り、蒼真を見る。

「リサ、彼はソウマ・アキヅキ。私のいとこよ。……リサ……私、日本に帰ることにしたの」

「今まで桜によくしてくださって、ありがとうございます」

蒼真が手を差しだすと、皺《しわ》のある手でぎゅっと握られる。

「あんたが迎えに来てくれてよかった。ここはサクラには厳しすぎるから」

リサはいつも桜を気にかけていた。実の孫のように可愛がっていたのだ。

「はい。つらい思いもたくさんしてきたようですね。これからは不自由のない生活をさせますから」

それを聞いたリサの目から涙が流れた。

「キャシーも喜ぶよ。サクラが気がかりだ、と死ぬまで言っていたから」

桜の祖母は余命わずかの大変な時期も、孫の心配ばかりしていた。

「グランマ……」

不幸な事故で傷ついた自分を理解し、優しくしてくれた祖母を思い出す。涙腺が緩んできて、桜はそっと涙を拭った。


車に戻った桜は顔を曇らせていた。リサの怪我と亡き祖母を思うと、胸がえぐられるように痛い。

(まさか、リサが怪我をしていたなんて思いも寄らなくて……私があのとき逃げないで見つけていれば、早く治療を受けられたのに)

十分後、車は桜のアパートメントに到着した。蒼真は先に降りようとする彼女の肩に手を伸ばす。

「見ないほうがいいんじゃないか?」

落ち込んでいる桜に、荒らされた部屋を見せたくなかった。

桜は小さく首を左右に振る。

「大丈夫……昨日見ているから」

蒼真が降りるのを待って、アパートメントの中へ入った。狭い階段を上がり、部屋のドアが見えてきた。

(ここを慌てて出たのは昨晩……あのときは生きた心地がしなかった)

ドアには鍵がかかっている。管理人が閉めてくれていたようだ。桜が鍵を開けてドアノブに手をかけると、ギィーッと音をたてて開いた。

おそるおそるドアの隙間を覗いてから、大きく開けて中へ入る。しんと静まり返った部屋は、昨日のまま乱雑に散らかっていた。

目を向ける先は、クリスタルガラス製の置き物たちの場所。

(全部……なくなっちゃった……)

飾っていた台へ一歩近づくと、パンプスに当たるものがあった。

桜はしゃがみ、小さなものを手にした。それは猫の置き物だった。手のひらにちょこっと乗る猫。窓から入る光が当たり、キラキラ輝いている。

(ひとつだけ残っていた……よかった……)

嬉しくてそれを胸に当てていると、蒼真が後ろに立った。

「桜？　どうした？」

「蒼真兄さま……あったの……猫ちゃん……」

猫の置き物は、特に思い出深いものだった。

拾ってきた猫をどうしても飼えないと知って泣きじゃくった、十四歳の桜。その猫は優しい南条夫妻の知り合いに飼ってもらえたのだが、桜はしばらく落ち込んでいた。

蒼真はそんな桜のために、そのクリスタルガラス製の猫を買ってきたのだ。彼女の宝物となる第一号の置き物だった。蒼真もその猫の置き物が、初めて桜に買ってあげたものだと覚えていた。

桜は猫の置き物を大事そうにコートのポケットに入れた。

スーツケースは隅に転がっており、確かめると中からラップフィルムが出てきた。

バッグから鍵を取りだし、ラップフィルムを持って部屋を出ていこうとする桜。

「桜、どこへ行く？」

「これをリサのところに置いてくるね」

リサになにかあった場合を考えて、お互いの鍵を持っていた。リサの部屋のドアを開けて、テーブルの上に六本のラップフィルムを置く。そして鍵をかけてすぐ自分の部屋に戻ってきた。

そんな桜を蒼真は入口に立ち、見守っていた。

「必要なものだけ詰めるといい。あとのことは業者に任せよう。送ってもらえばいい。それと、必要な手続きも俺が手配する」

「はい……」

それほど家財道具があるわけではない。桜は荷物をスーツケースに詰め始めた。


三十分後、荷造りが完了した。

蒼真がスーツケースを運ぼうとすると、桜が顔をしかめながら首を横に振る。

「……自分で持ちます」

「なぜ？」

「大事な手だから」

ぽつりと言う彼女に、蒼真は微笑んだ。

「俺を軟弱者だと思っているのか？」

「そんなこと、思っていないけど……蒼真兄さまの手は、みんなの命を救う大事な手だもの」

「桜、お前が心配しなくていいんだ。この手でテニスもするし、ジムも行く」

必要以上に心配している桜を笑う。

蒼真は有無を言わさずにスーツケースを持ち上げると、アパートメントの階段を下りた。


ホテルの部屋に戻ると、蒼真は桜の身体を引き寄せた。顎に指をかけて上を向かせると、唇を重ねる。

「ん……っ……」

淡いピンク色の唇を舌でなぞり、歯列を割る。長い長いキスだった。

今まで抑制していた気持ちが一気に溢れ出たようで、何度も角度を変えて口づける。

長いキスが終わったとき、お互いの息が上がっていた。

「お前は俺を狂わせる……」

「蒼真兄さま……」

キスのせいで桜の唇が赤く色づいており、その唇をもう一度味わいたいのを蒼真は堪える。

「お腹が空いただろう？　昼食はなにを食べようか」

自分の欲望を抑えつけ、桜に尋ねる。

桜は少し悩んで、「なんでもいい」と言った。祖母が亡くなり、ひとり暮らしになった彼女は食事に無頓着になって、一食、二食抜くことも多かった。

「桜、ちゃんと食べていないんだろう?」

以前より桜は痩せたようだった。

「食べているよ」

「だったら、そんなに細くならないだろう」

桜はあいまいに頷いた。

「おいで。下へ食事しに行こう」

「じゃあ、あのレストランがいい……湖が見えるレストラン」

「そうだな。あそこの料理はうまかった」

蒼真は桜の背に手を置くと、部屋を出てエレベーターホールへ向かった。

十三時半と、一般的な昼食の時間とは少しずれてしまったレストランは、数組の客がいるだけだった。

ゆったりとした椅子に座ると、桜は湖を眺め始めた。

「なにを食べる?」

「ん……ケーキと紅茶」

「桜、昼食だよ?　デザートはあとで食べるといい」

蒼真は彼女の選択をやんわり否定し、メニューを見せる。

「じゃあ……ラザニア……」

三年前に比べると、明るさがなくなってしまったようだ。もっと活発な少女だったのに、と思う。

「……蒼真兄さま……別荘は……大丈夫だった?」

自分にも非はあると思い、桜はずっと気になっていた。

置いてあったランタンの火が干し草に移ったとき、嫌がる桜を望は抱きしめて乱暴にキスをしようとしていた。

何度も首を振り、望の唇を避けようとする桜。

両手足を使って思いっきり抵抗すると望の力が緩み、桜はその隙に駆けだしたが、厩舎から少し離れたところで捕まってしまう。

穏やかないつもの顔とは違い、まるで鬼のような形相で追ってくる望。見たことのない望の様子に、桜は恐怖のあまり硬直した。

干し草から厩舎の屋根の高さまで火が燃え移り、肌を焼いているかと思うほどの炎だった。熱風で桜の額に汗が浮かぶ。

熱さと煙、十メートルほど先には燃え盛る炎があるというのに、まったく気にすることもなく望は桜をその場に押し倒した。

炎を背に、醜く顔を歪めた望が桜の腕をギリギリと押さえつける。

「嫌！　やめて‼　望くんっ‼」

ブラウスが破かれ、望の手が胸の膨らみに触れる。

桜は望の手から何度も逃れるように必死に抵抗した。

「望くんっ！　火がっ！　やめて‼」

望の頬を数回強く叩くと、彼は我に返ったような表情になった。

桜のはだけた胸元を見て望は驚いた顔になり、次の瞬間、頭を抱えて泣き叫び始める。そしてジリジリとあとずさりし、桜から距離を取る望。

彼の背後には木のはぜる音や熱風が迫っている。

「望くん！　そっちへ行っちゃダメ‼　止まって‼」

なんとか立ち上がった桜は必死に呼び止めるが、喉に煙が入り込み、激しい咳に襲われる。焼かれるような熱気に苦しみながら、望を止めようと半狂乱だった。けれど呼吸ができず、身体も言うことを聞かなくなり、人を呼べずに気を失った。

覚えているのはそこまでだった。

(私が望くんを追いつめたのは事実。私と蒼真兄さまのことがつらくてドラッグに逃げたと、あのとき、ろれつの回らない望くんは言っていた。私を蒼真兄さまに取られたくない、と……。だから私は幸せになってはいけない……)

桜は望がドラッグに手を染めて死んだのは、自分のせいだと思っていた。

厩舎の火事で望の遺体は解剖され、美沙子には『ドラッグが検出された』と知らされていたが、彼女はこの事実を誰にも話さず隠していた。ドラッグを使ったことそのものに関しても、桜のせいだと思って恨みを募らせていたのだ。

「別荘は大丈夫だったよ。燃えたのは厩舎だけだ」

「よかった……食べたら、働いている書店に行ってきます」

「ああ。日本へ帰ることを言わなくてはいけないね」

(私は日本へ帰ってどうなっちゃうんだろう……あの家には戻りたくない)

窓の外を見ると、先ほどやんでいた雪がまた降りだしてきた。

遠い目をしている桜の姿を見ると、蒼真の胸が痛んだ。

ラザニアを半分食べて、「ごちそうさま」と言う桜に、蒼真は聞く。

「桜、ケーキは？」

彼女の注意を向けたくて声をかけた。

「ご飯を食べたばかりなのに、ケーキは食べられません……」

「女の子の甘いものは別腹だと言うだろう？」

桜は首を横に振ると、再び湖に視線を向けた。


レストランを出ると、桜はロビーで「ひとりで書店へ行ってきます」と言った。

「俺も行く」

彼女の一瞬の動揺を、蒼真は見逃さなかった。なにか都合の悪いことでもあるのだろうか？と勘ぐる。

「ひとりで大丈夫です……」

蒼真は桜の手を握った。

「逃げた前科があるからな。この手から飛んでいかないように、一緒に行く」

少しおどけたような彼に、桜は小さく笑う。

「もう逃げないから……」

桜のブルーグレーの瞳が蒼真を見つめる。吸い込まれるような大きな瞳。その瞳に嘘や偽りはないように思える。

「恋人のハリーは？　もちろん別れるんだよな」

「ハ、ハリーは……」

自分が働く書店のオーナーだと言いだせず、今まで蒼真を見ていた瞳は下を向いてしまった。

「行こう」

握っていた桜の手を、蒼真は自分のコートのポケットに入れた。

(蒼真兄さまの手、温かい……)

自分を包んでくれるその手が、桜にはありがたかった。

再び車に乗り込むと、桜は運転手に場所を教えるが、蒼真を連れていくことに落ち着かない。

十分後、小さな書店の前に着いた。その書店は古書から新刊まで取り揃《そろ》える医学の専門書店だった。

蒼真は店の中へ入ると、本棚に視線を動かす。

「桜……ここは素晴らしい書物がたくさんある」

欲しかった本もここなら見つかりそうだ、と彼は喜んでいる。

「蒼真兄さまは本を見ていてね。私は、ハ……オーナーに話してくる」

危うく『ハリー』と言いそうになった。

「俺も行く。本を探すのはあとでいい」

蒼真は本棚から抜き取った医学書を元に戻す。桜はあきらめ、奥にいるハリーのところへ足を進めた。

「サクラ！」

店内は奥行きがあり、意外と広い。奥は中二階のスペースがあり、そこからハリーが顔を見せた。

「こんにちは」

「今日も来てくれたのか？」

桜を見て嬉しそうに笑うが、後ろにいる蒼真を見て、いぶかしげな顔になる。

「私のいとこ……彼は脳神経外科医なんです」

桜が紹介すると、ハリーは嬉しそうに顔をほころばせる。

「脳神経外科医！　すごいな！　サクラにこんなにステキないとこがいるとは思わな

かったよ。オーナーのハリー・モーガンです」

『あっ』と桜が思ったときには、ハリーは名乗ってしまっていた。

「ハリー、桜がお世話になっています」

桜が言っていた恋人のハリーが職場のオーナーだと知り、蒼真は表情を崩して流暢な英語で挨拶し、右手を差しだす。桜の祖父と言ってもよさそうな年齢の彼が、彼女の恋人であるわけがないと思ったのだ。

「私の店には、いい医学書がたくさんありますよ。ミスター?」

ハリーも手を差しだしながら、名前を尋ねる。

「ソウマ・アキヅキです」

ハリーはポカンと口を開けた。

「あなたがあの有名なドクター・アキヅキでしたか!」

桜は目を丸くして驚く。

(ハリーが知っているほど、蒼真兄さまは有名なんだ……)

蒼真は桜が日本へ帰ることを説明した。

「そうか、日本へ……サクラはいい子だから寂しいよ。日本へ行っても頑張るんだよ」

苦労が絶えないサクラに幸せになってほしい、とハリーはいつも思っていた。

「ハリー、急に辞めることになってしまってごめんなさい……」

「一生懸命に仕事をしてくれていたから残念だが、君の幸せをいつも祈っているよ」

ハリーは桜を優しく抱きしめた。

それから蒼真に書籍を案内する。その間、桜は昨日やり残した伝票整理をしていた。


三十分ほどして蒼真が戻ってきた。本を五冊ほど抱えている。どれも専門の人間が読んでも難しい本ばかりだ。

「ドクターはさすがですな」

ハリーは紙袋に本を入れて、会計を済ませた蒼真に渡した。そして書店を出る桜に今までの給料を支払う。

「お世話になりました。ハリー」

「サクラ、近くへ来たら必ず寄って、元気な顔を見せてほしい」

そう言って寂しそうな笑みを浮かべる。

「はい。ハリーも身体に気をつけてくださいね」

(もう来ることはないだろうから寂しい……)

「もちろん。シカゴへ来ることもあると思います。そのときはぜひ」

蒼真が桜の代わりに約束した。出張があるときは、必ず彼女も同行させるつもりだった。しかし桜は蒼真の言葉を社交辞令だと思い、なにも言わなかった。店を出ると、ハリーを恋人だと偽っていたため気まずかった。

「蒼真兄さま……ハリーのこと、ごめんなさい」

「ハリーが恋人じゃないと知って、嬉しかったよ」

蒼真は桜の肩を抱き寄せると、髪にキスを落とした。


ホテルに戻った桜は疲れた顔をしていた。

「少し休むといい。明日のフライトを予約しようと思うけど、いいかい？」

ハンガーにコートをかけている後ろ姿に尋ねると、頭がコクッと揺れた。

そして少し間が空いたのち、桜は心を決めたように振り向いた。

「蒼真兄さま……私を日本へ連れて帰って、どうしたいの……？」

「どうしたいかって？」

なにもわかっていないんだな、と蒼真は端正な顔に苦笑いを浮かべる。

連れて帰って……何不自由なく過ごさせたい、いずれ妻にしたいと思っている彼は、ゆっくりと桜に近づく。

なった。

桜はキスを受けながら、そんなことをチラッと思ったが、すぐになにも考えられなくなった。

（したいことが、キス……？）

彼女の腰をぐいっと引き寄せて、唇を重ねる。

「こうしたい……」

蒼真の舌が彼女の歯列を割って、舌を絡ませる。

桜は立っていられなくなり、ずるずると座り込みそうになった。

蒼真は彼女を抱き上げるとベッドルームに連れていき、白いシーツの上に下ろす。

桜の身体を横たえ、何度も角度を変えて濃厚なキスをする。

「んっ……あ……」

甘い声が桜の口から漏れる。

桜の首筋にキスを落としながら、ゆっくりとワンピースのファスナーを外していく。

彼女は戸惑う表情をするが、抵抗しなかった。

ワンピースを脱がされた彼女の白い肌がピンクに染まった。

慣れていない動きのすべてが愛《いと》おしくて可愛い。蒼真は桜が欲しかった。

白人の血が混ざっているため、桜の肌は雪のように白く、絹のように滑らかだった。

蒼真はベッドボードに背を預けながら、隣で眠る桜を眺めていた。

もう二度と離さない。愛しい彼女を長い間見つめていた。

桜が目を覚ましたとき、室内はベッドサイドの小さなライトだけがついていた。

（……そうだ……私、蒼真兄さまと……好きな人に抱かれたのだから後悔はしない）

隣に彼はいなかった。

（どこへ……？）

ベッドサイドのデジタル時計を見ると、もうすぐ十九時半だ。

（確か……十六時頃、帰ってきたはず……）

身体にシーツを巻きつけてベッドから下りようとすると、腰がだるく、すぐには立ち上がれない。

そこへ蒼真が入ってきた。

「桜、起きたのか」

彼はちゃんと服を着ていた。

桜は蒼真の顔を見るのが恥ずかしくなって、視線を彼の胸元に移して頷く。

「蒼真兄さま……」

「ああ。初めてだったから腰がつらい？　もう少し横になっていたほうがいい」

そう言われると、桜の顔がみるみるうちに赤く染まる。

「そんなに恥ずかしがらなくてもいいだろう？　夕食はホテルのレストランに二十一時に予約を入れたから、まだ時間がある」

蒼真はベッドの端に腰かけた桜の隣に座ると、指を伸ばし、頬を撫でる。

「それと、明日のフライトが取れた」

「あの……蒼真兄さま……日本で……住むところは？」

美沙子が桜を受け入れるはずがないのは、充分承知している。

「桜、心配しなくていい。凛子にマンションを探させている」

秋月家に行かないと知り、桜は安堵した。

(日本へ行ったら、早く働くところを見つけて頑張ろう)

身体が楽になるとシャワーを浴びて、蒼真が用意したワンピースに着替えた。

パールピンクの膝丈のワンピース。首元のレースは、中世のヨーロッパ貴族のドレスに似ているデザイン。慎ましやかで、フランス人形のような桜によく似合っていた。

蒼真は化粧品も用意してくれていた。それは桜が使用したことのない高級化粧品で、薄くメイクをすると、いつも以上に目が大きくなり、唇は今にもキスを受けたがっているように艶を放つ。

支度が終わり、リビングにいる蒼真の元へ行くと、彼は驚いた顔になる。

「……よく似合っている」

「本当？」

上質な素材のワンピースを、皺もないのに撫でつけてしまう。

「ああ。桜がメイクしたところを見るのは初めてだな。いつもは可愛いが、メイクをすると美しい」

桜は蒼真に褒められて、はにかんだ笑みを浮かべた。

蒼真は桜が気に入っている、湖を見渡せるレストランではなく、もう少し格式高いホテルのフレンチレストランに予約を取っていた。

「ここの料理がおいしいと評判らしい」

日本で過ごしていたときまでは、いい暮らしをさせてもらっていた桜だが、こちらに来てからは贅沢とは無縁の生活を送っていた。

そのせいで、席に着いた彼女は居心地が悪い。オーダーも蒼真に任せる。魚介のマリネから始まり、次々と出される料理。しかしそれらを食べる桜の口数は少なかった。

桜は蒼真と肌を重ねてしまい、後悔していた。目が覚めたときは後悔しないと思っていたのに、どんどん離れられなくなっていく自分が怖くなった。

(幸せになってはいけないのに……望くんに申し訳ない。ごめんね……もう少しだけ。そうしたら離れるから。あと少し蒼真兄さまのそばにいさせて……)

「桜、もういらないのか?」

「はい。ごちそうさまでした」

とてもおいしくてもっと食べたいのだが、小さくなった胃はたくさんの食べ物は受けつけない。

そんな桜を、蒼真は目を細めて見た。

食事の量が明らかに少ない。顔色も悪いので、日本に帰ったらしっかりと検査を受けさせなければと考えていた。

桜を抱きしめて寝た翌日、午前出発の便に乗るため、ふたりは空港へ向かった。

初めてファーストクラスの席に座った桜は、広いシートで背筋を伸ばしていた。シートにゆとりがありすぎて、隣同士でも離れている感覚だ。

窓側の席で離陸を待つ。

「寂しいのか？」

問われて瞳を潤《うる》ませ、コクッと頷く。

「近いうちに必ずまた連れてきてあげよう」

「ありがとう。蒼真兄さま」

「桜、もうその『蒼真兄さま』というのはやめないか？」

「え……？　なんて……呼べば……」

ずっと『蒼真兄さま』と呼んでおり、今さら変えるのが恥ずかしい桜は戸惑う。

「『蒼真』がいい」

「いきなり呼び捨ては、無理です」

「困ったな。それ以外呼ばれたくない」

蒼真は笑って言った。

「……努力します」

たぶんこれからも呼び方は変えられないだろうと思いつつ、桜は努力はしてみるつもりだった。

離陸後、少し経つとテレビに興味を持ち、チャンネルを動かして好みの映画にした。桜が選んだのはアメリカンコメディ。なにも考えずに楽しめると思ったが、実際は集中できず、内容が頭に入ってこない。画面を見ながら、ぼんやりしていた。

蒼真が桜に目をやると、ブルーグレーの瞳は一点だけを見つめていた。

桜の心に闇がある気がした。彼女をそこから救いだしたいと思う。

三年前の出来事は、望を亡くした家族以上に桜の心を傷つけていた。その原因は自分にあると、蒼真は悔恨の念を抱いていた。

あのとき、なぜ優しく包み込んであげられなかったのだろうかと、桜を見つめる彼の表情が苦々しいものとなる。

気づくと桜は眠りに落ちていた。蒼真はキャビンアテンダントからブランケットをもらうと、桜にかけてやる。

それから医学書を開き、読み始めた。

第四章　妻じゃなくて愛人

飛行機は十六時近くに成田国際空港へ到着した。到着ロビーには、ふたりを迎えに来た凛子が待っていた。ふたりが出てくると、彼女がにこやかに出迎える。

「おかえりなさいませ」

蒼真に手を握られて半歩ほど遅く歩いてきた桜に微笑む。

「桜さま、無事でいらしてよかったです」

「ありがとうございます。凛子さん」

凛子に視線を向けられて、桜は蒼真の手を外そうとした。だが、ぎゅっと握られ、離すことができない。何度も試みていると、蒼真が彼女を軽く睨む。桜は小さくため息をついた。

そんなふたりを見て、凛子は嬉しかった。桜はこれから幸せにならなければならない人で、そうしてあげられるのは蒼真しか考えられない、と思っていた。

東京へ向かう帰りの車は、蒼真が運転した。

凛子と乗っているときでも、どんなに疲れていても、蒼真は大抵自分で運転する。

凛子は最初、桜を助手席に座らせようとしたが、さっさと後部座席へ座ってしまった。桜の様子に、蒼真は苦笑いを浮かべた。

桜は後部座席に座っても落ち着かなかった。

（やっぱり助手席に座ればよかったかも）

バックミラーから蒼真の視線を常に感じ、目を閉じて眠ったフリをしている。

そのうちに、気持ちいい車の揺れに本当に眠りに落ちていた。

「凛子、マンションの手配は？」

「はい。今日からでも入居できます。お屋敷からひと駅の場所ですが、移動の面を考えるとそこがよろしいかと。セキュリティも完璧です」

「ああ。凛子が選んだのだから安心だ」

幼馴染《おさななじ》みで秘書の凛子を、蒼真は全面的に信頼している。

仕事になれば、すべての神経を患者に向けなくてはならない蒼真。凛子は彼の身のまわりの雑用やスケジュール調整をこなす、有能な秘書だ。

凛子が探したマンションの地下駐車場へ車は到着した。駐車場は二台分借りている。

一台は蒼真の白いスポーツカータイプの車。もう一台は凛子の移動用の車だ。

エレベーターから直接、最上階の部屋に行ける駐車スペースに車を乗り入れたとき、桜は目を覚ました。

ハッとして背筋をぴんとする姿が小動物のようで可愛くて、蒼真は笑みを漏らす。

「桜、着いたよ」

エンジンを切り、ロックを解除する。

「ここは……？」

「これから住むマンションの駐車場だ」

凛子が先に降り、トランクからふたりのスーツケースを出していた。

直通のエレベーターに乗り、最上階の二十階へ到着すると、玄関へ向かう。

蒼真はカードキーでロックを解除すると、先に入るよう桜を促した。

桜はおそるおそる室内に足を踏み入れる。まだ家具がない部屋はガランとしており、あまりにも広すぎる。

「蒼真兄さま……？」

自分ひとりで住むには広すぎるのでは、と蒼真を振り返る。

「蒼真と呼べ、と言ってあるだろう？　どうした？　部屋が気に入らないか？」

あとから入った蒼真は、なかなかいい物件だと思ったのだが。

「広すぎて……私ひとりにはもったいないです」

「お前ひとり？　……そんなわけないだろう。俺と一緒に住むのだから」

一瞬、桜の考えに言葉をなくした蒼真だが、フッと笑った。

「一緒に住むって……？　蒼真兄さまには家があるのに……」

そんなことは思ってもみなくて、桜は顔をしかめて戸惑うばかりだ。

「もちろんお前をひとりにするわけがない」

「それはダメですっ」

（望くんを私が殺したと思っている伯母さまが、私が蒼真兄さまと住むと知ったら、どんな思いを……）

「絶対にダメですっ！」

瞳を潤ませ今にも泣きそうな桜に、蒼真がため息をついた。

「凛子、ありがとう。明日は家具選びに付き合ってくれ」

「はい。明日ですが、十六時から病院長がお会いしたいと」

「わかった。十時に迎えに来てくれ」

凛子は桜に挨拶して帰っていった。

蒼真は桜の手を引いて、ベッドルームと思われる部屋に向かった。

まだほとんど家具のない部屋だが、眠るところだけでも、と凛子がクイーンサイズのベッドを入れておいてくれた。神経を遣う仕事の蒼真は、広いベッドを好む。短い睡眠時間でもぐっすり眠りたいからだ。

しかし、今は違う。桜と会ってからは、抱きしめて眠りたくて仕方がなくなっている。むしろ、彼女とならシングルベッドでも喜んで使うだろう。

「ベッドだけだな。明日までの我慢だ」

「蒼真兄さま、本当にここに……住むの？」

桜は不安な瞳を蒼真に向ける。

彼は桜の髪に手を伸ばし、そっと撫で、頬へと指を滑らせた。

「桜、落ち着いたら結婚してほしい」

愛おしむような眼差しで、桜の目をじっと見つめる。

（えっ……？）

蒼真兄さまの言葉は自分が作った空想なのか……無意識下で結婚したい、守られたいと思った自分が作り上げた言葉なのか……と戸惑う。

「桜？　聞いているのか？」

「今……なんて……？」

喉の奥から振り絞るように出した言葉。

「妻になってほしい」

蒼真は頬に滑らせた指で桜の手を取り、自分の口元に持ってくる。

蒼真の唇が彼女の手の甲に触れたとき――。

「ダメっ！　それはできないっ！　嫌よ！」

桜は拒絶し、蒼真の手から自分の手を引き抜く。

「なぜだ？　どうして拒む？」

彼女の言葉に、蒼真の眉根がきゅうっと寄る。

「蒼真兄さまは婚約解消したばかりじゃない。それに、私たちは結婚してはいけないのっ！」

桜の目からは涙が溢れだした。

「俺たちが結婚してはいけない？　その理由は？」

「私は……望くんを殺したの……」

ガンガンと金槌《かなづち》で叩かれたように、突然頭が痛みだす。

頭を抱え、ずるずるとその場に座り込んだ桜は、今にも気を失いそうだった。

「あれは事故だ」

「助けられたのにっ！」

「桜、お前は煙を吸い、意識を失ったんだ。望を助けるのは無理だった」

「違う！　私は望くんを見捨てたの！　そうじゃなければ一緒に死んでいたはず！」

「そうじゃないだろう？」

頭に手をやって乱暴に首を左右に振る桜の肩に、蒼真は手を置いた。

「そうなのっ！　そんな私が幸せになれるわけない！」

「桜！　しっかりするんだ」

暴れる桜を胸に閉じ込める。

「離してっ！」

泣き叫ぶ桜の唇にキスをした。

「んーっ！」

蒼真の胸を拳で叩くが、桜の力ではびくともしない。

「もうお前を手放せない」

「結婚は嫌……ダメ……」

「桜、お前を幸せにできるのは、俺しかいないだろう？」

　蒼真は震える細い身体をぎゅっと抱きしめた。

（望くん……）

「俺たちに一番いい形を考えているんだ」

「蒼真兄さま……」

（好きな人からのプロポーズ。普通ならば、天にも昇る気持ちになるだろう。でも私たちは……）

　頑固に首を左右に振り続ける桜に、蒼真はいい加減、苛立ちを隠せない。

「結婚は嫌……」

「桜！」

「わかって！　蒼真兄さまっ！」

　蒼真は深いため息をついた。

「……では……愛人になってもらおう」

　静かだったが、有無を言わせない声だった。

「愛人？」

　蒼真の顔をハッと見た桜の、ブルーグレーの瞳が揺れ動く。

（私が愛人……？　蒼真兄さまは、本気で言っているの？）

「愛人として俺のそばにいるんだ。不自由はさせない」

結婚がダメなら愛人と、苦渋の宣言をしてしまった蒼真。そうでも言わなければ、彼女が自分から離れてしまいそうだった。

「……愛人でいい」

かすかに聞こえる声で同意する桜に、またも苛立ちが増した。

結婚はダメで、愛人ならいいと言う桜。

怒りに任せて彼女を立たせた。そして明るい茶色の髪に手を挿し入れ、少し乱暴に上を向かせて唇を重ねる。

「んっ……」

優しさのかけらもない、貪《むさぼ》るようなキス。そんなキスでも、桜の身体は熱くなっていく。気がつくと、ベッドの上に寝かされていた。蒼真の指はブラウスのボタンを次々と外していく。

「身体さえ差しだせば、俺が満足すると思っているのか？」

従順な桜は宙を見つめたまま、なにも答えない。

「桜、なにか言ってくれ！」

「愛人は……そういうものでしょう？」

桜の瞳が蒼真に戻ってくる。

「桜？　本気で言っているのか？」

「愛人でいいから……好きにして……」

蒼真には胸が痛む言葉だった。

桜の心の闇は、自分では癒せないのか？と、心の中で苦々しく思う。

人形のように横たわる桜から離れた蒼真は、ベッドルームを出た。

ガランとしたリビングは落ち着かない。大きな窓辺に立ち、暗くなった外に目をやる。しかし、景色を見ているのではなく、桜を想っていた。

桜の心はすぐに溶けるものではなく、時間をかけて自分に向かせていくしかない。

蒼真の桜への愛おしい気持ちは増すばかりだった。

どうしたらこの手から飛ばないでいてくれるのか……いっそ……鎖で繋ぎ止めておきたい。

しばらくして桜の様子を見に行くと、彼女は毛布にくるまり、ぐっすり眠っていた。

翌朝、桜が眠っているうちに蒼真は朝食を買いに出た。

ここのマンションの一階全部にテナントが入っており、買い物には困らなさそうだ。

焼きたてのパンを買い、部屋に戻っても、桜はまだ目覚めていなかった。

十時に凛子が来ることになっている。今は九時前だ。

キッチンに入り、トレイの上に皿を置き、クロワッサンのサンドイッチとベーグルサンド、その他の買ってきたものを並べた。

コーヒー好きの蒼真のために、凛子はコーヒーメーカーをあらかじめ用意していた。

桜にオレンジジュースを準備し、トレイを持ってベッドルームへ行くと、彼女はベッドの上に起き上がったところで、気まずそうだ。

「桜、おはよう」

「おはようございます……蒼真兄さま……」

昨日の出来事で、桜は蒼真の顔が見られず、視線を合わせせない。

「朝食を持ってきたよ。まだテーブルがないから今日は特別に。俺はもう食べたから」

うつむきがちに挨拶をする桜の膝の上に、トレイを置く。それを見た瞬間、彼女は申し訳なさそうな顔になった。

(蒼真兄さまに、こんな支度までさせてしまった……お屋敷にいればなんでもやってもらえる身分なのに)

「どうした？　食べなさい。お腹が空いているだろう」

「……いただきます」

問いには答えず、クロワッサンのサンドイッチを手にして食べ始めた。

蒼真は桜に、あの頃のように屈託なく笑ってほしかった。

今はまだそれは叶《かな》いそうもないなと思いながら、彼女が食べるのを見ていた。


十時ぴったりに凛子が部屋に入ってきた。

桜はシャワーを浴びて、オリーブ色のスカートと、身体の線が見えないダボッとした山吹色のニットを着ていた。手に茶色のコートを持っている。それらは蒼真が買い与えたものではない。その装いが桜の無言の抵抗のように思える。

蒼真はなにも言わずに、桜の手にしていたコートを取って着せた。そんなさりげない優しさに、桜の心は温かくなる。

蒼真から買い与えられた服は着たくなかった。お金で買われた気がしたからだ。でも『愛人でいい』と言ったのは自分。その行動がひどく子供っぽく感じて、後悔した。

「用意はいいか?」

蒼真の長い指が桜の指に絡まる。

「はい」

桜はしっかり組み合わされた手を見た。長い指が、自分の手を包み込むように握られている。

地下駐車場に停めてある車のそばまで行くと、手が離れてしまい、桜は寂しく思いながら昨日と同じように後部座席に座る。

蒼真は運転席だ。助手席に凛子が座る。

桜が小さくため息を漏らした。バックミラーから、蒼真は彼女の様子を窺う。メイクをしていない桜の肌は、抜けるように白く感じた。

そっと目を閉じた彼女をもう一度見てから、蒼真はエンジンをかけた。

三十分ほど走らせ、蒼真はベイサイドの大きな家具店に車を停めた。そこは海外の高級な家具がところ狭しと置かれていることで有名な店だ。

「桜、気に入った家具を選ぶといい」

中に入り、家具の美しさに目を輝かせた桜だが、蒼真が任せようとすると首を横に振った。

「いいの……蒼真兄さまが選んで」

蒼真の好みが自分の好みと合わないことは知っている。蒼真はモノトーンなどシンプルなものが好きで、明るい色は好まない。桜の好みは女の子らしい色。それに自分が選んだら、統一感もなくバラバラな雰囲気の部屋になってしまいそうだった。

「桜がこれから住むんだ。気に入ったものを選んでほしい」

またもや首を横に振る桜。ふたりの会話に、凛子は口を挟まなかった。

「では一緒に選ぼう」

その妥協案に、桜はにっこり笑った。その笑みに、ふたりを黙って見ていた凛子はホッとした。ピリピリした雰囲気を感じていたからだ。

蒼真と桜は必要と思われるものを選んでいった。

気がつくと、桜好みのベージュベースの花柄のソファや真っ白なテーブルなどが決まっていた。蒼真が気を遣い、桜が選べるようにしたからだ。正直、蒼真は彼女が選んだものならなんでもよかった。仕事で家にいない時間が多い自分より、桜が居心地のいい家にしたかったのだ。

家具は今日の夕方までに届けてもらうことになり、選ぶだけで疲れてしまった桜はもう帰れると思ったのだが、「これから電化製品を買いに行く」と言われて瞳を曇らせた。

昼食を家具店の近くのレストランで食べてから、電化製品の店に向かう。

必要なものを買うと十五時を過ぎていた。十六時に病院長と会う予定の蒼真は、このまま行かなければならない。桜を連れていきたかったが、明らかに疲れた様子で、凛子に連れ帰るように指示をした。


凛子の運転でマンションへ戻り、エレベーターに乗り込むと、桜が口を開いた。

「凛子さん、蒼真兄さまについていかなくていいんですか？」

「はい。病院長と会うだけですから。それに、これから家具や電化製品が届きます」

「あ……そうでした」

「桜さまはお休みくださいね。お疲れな顔をしていますから」

確かに、桜は鈍い頭痛を感じていた。このますぐにでも眠らなければ、ひどい痛みに悩まされるだろう。

凛子に頷いてコートを脱ぐと、ベッドルームへ向かった。

パタンと電池が切れた人形のようにベッドに倒れ込むと、スーッと眠りに落ちる。

隣の部屋の騒がしさなどまったく聞こえずに。


目が覚めたとき、頭痛は治まっていた。

「今、何時……？」

ランプのほのかなオレンジ色の明かりが部屋を照らしているが、窓の外は真っ暗だ。

桜は起き上がり、ベッドルームを出た。

ダイニングに行くと、桜の選んだテーブルで蒼真と凛子が食事をしていた。ふたりが仲良さそうに話をしている光景を見て、ズキッと胸が痛む。

もう一度ベッドルームに戻ろうと後ろを向いたとき——。

「桜さま？」

桜に気づいた凛子が呼び止めると、蒼真が立ち上がり、桜の元へやってきた。

「ぐっすり眠っていたから、先に食べていたよ」

桜はうつむいてコクッと頷く。

（私は嫉妬しているんだ……ふたりの仲に入っていけなくて）

「桜？　顔を上げるんだ。具合でも悪いのか？」

「少し……」

頭痛も治まっており、なんでもないのに仮病を使ってしまった。

「もう一度寝ます。おやすみなさい」

額に触れようとした蒼真の手をかわす。

「食事をするんだ」

蒼真に心配をかけたくないのに、具合が悪いと言ってしまった桜は、首を小さく横に振る。

「お腹は空いていないから」

医師である蒼真の、真実を見透かすような目から逃げるように、もう一度理由を言って踵を返すと、そそくさとベッドルームへ向かった。

蒼真はその後ろ姿を見送り、席に戻ると大きくため息を漏らす。

「凛子、あさって、大学病院で検査入院の予約をしてくれないか」

「桜さまはご存じなのですか？」

「いや。知らない」

すました顔で、軽く否定する。

「嫌がりますよ？　突然、検査入院だなんて」

凛子は桜のことを考え、心の中で息を吐く。

「体調が悪そうなのが気になる。なんとかなだめるしかないな……」

確かに凛子も心配だったので、仕方なく頷いた。


凛子が帰り、蒼真が桜の様子を見にベッドルームへ行くと、眠っておらず本を読んでいた。

「桜、あさって、お前の検査入院の手配をした」

「えっ!?　検査入院って？」

耳慣れない言葉に、桜の目が大きくなる。

「体調が悪そうだからだ」

「病気ではないから、必要ないです」

桜は自分が病室に泊まると思うと、足がすくみそうになる。火事のときに入院したトラウマだ。お見舞いや診察ならば、そんなふうにはならないのだが。

「検査をしてなんでもなかったら、この先も安心できるだろう？」

「……考えておきます。私、お風呂に……」

顔をこわばらせてベッドから抜けだし、バスルームへ向かった。

長い時間をかけてバスルームから出ると、桜色のナイトウェアが置かれていた。

(私の好きな色はちゃんと知っているんだよね……)

それを身に着けて、パウダールームを出た。

ベッドルームに入ると蒼真はおらず、ホッと胸を撫で下ろす。

(なんでビクビクしなくちゃいけないんだろう……蒼真兄さまの、すべてを見透かすようなあの茶色の瞳から逃れたいのかもしれない)

桜が選んだピンク色のドレッサーはベッドルームに置かれており、鏡の前に座ると、髪を乾かし始める。

そこへ蒼真がやってきてそのまま彼女の元へ近づくと、ドライヤーを取り上げ、代わりに髪を乾かしてくれる。

ドライヤーをかけられている間、桜は目を合わさない。

スイッチを切った蒼真は、桜のライトブラウンの髪に指を挿し入れた。

「髪が乾いたら夕食を食べて。凛子が作ってくれたんだ」

サラッと髪が指をすり抜けていく。彼女を立ち上がらせると、隣の部屋へ促した。

リビングは、桜の選んだ家具で暖かみのある感じに仕上がっていた。

「座って」

桜を座らせた蒼真はキッチンに入った。対面式キッチンは、リビングからも中の様子がわかる。

凛子が作った味噌汁《みそしる》を温めて、椀《わん》に注ぐ。

「蒼真兄さま、自分でやります」

桜は椅子から立ち上がって、キッチンにやってきた。

「いいから座っているんだ」

（また蒼真兄さまにやってもらっている……それが心苦しい）

「桜？」

蒼真はキッチンから出ていかない桜の肩に手を置いて、歩かせようとした。

「私、自分でやるから。やけどでもしたら――」

「桜、言っただろう？　俺を軟弱な男として扱うなと」

「蒼真兄さま……」

軟弱とは思っていない。なにからなにまでやってもらうのが申し訳ないのだ。

「ほら、できた。席に座って」

仕方なく桜は、なにも持たずにキッチンを出た。

テーブルにはおいしそうな和食が乗っていた。

凛子はスーパーウーマンみたいだな、と桜はいつも思う。完璧に蒼真のスケジュール管理をこなすだけでなく、料理もできる凛子を、羨ましいと感じていた。蒼真が凛子に恋愛感情が芽生えないのが不思議だ。

（でもふたりのことはわからない。恋人同士だった時期も、もしかしたらあるのかもしれない）

目の前に置かれたご飯と味噌汁に、食欲が出た気がする。

「いただきます」

両手を合わせてから箸を手にした。煮物の味つけは芳乃とまったく同じだった。

「桜」

目の前に座った蒼真が声をかけると、桜は箸を止めて見る。

「桜が嫌なら、検査入院はしなくてもかまわない」

「本当？」

疑うような顔で蒼真を見る。

「ああ。ただし、簡単な検査だけは受けてほしい」

望が亡くなったときを思い出す。美沙子たちに火事の件を責められ、ひとり寂しく、医師や看護師以外、誰にも声をかけられぬまま過ごした病室。入院はあのつらい記憶を呼び覚まさせるから嫌だった。

「簡単な検査？」

「そう。すぐに終わる検査だ」

「……それなら受けます」

「よかった」

蒼真が柔らかい笑みを浮かべた。ホッとしたというところだろう。

「シャワーを浴びてくる」

「はい」


彼がバスルームへ行ってからきちんと一膳を食べた桜は、テーブルの上のものを片づけた。

綺麗にキッチンの中も整理して、ふと顔を上げると、紺のバスローブを着た蒼真が桜を見ていた。

「蒼真兄さま……」

見られていたことに気づかず、頬を赤らめる。

「桜は綺麗に片づけるね」

「そのほうが気持ちいいから」

柔らかく微笑んだ桜を見て、蒼真は安堵した。自分がそばにいると、彼女の神経が過敏になっているのを感じているのだ。

「あ、蒼真兄さま。これから食事は私が作ります」

「無理しなくていいんだ。家政婦を雇うつもりだ」

「誰も雇わないで」

人が入ることによって、桜のささやかな幸せが壊れる気がする。今だけの幸せが。

「桜に負担はかけたくないが……お前がそう言うのなら、やってみるといい」

「ありがとう」

蒼真に了承を得た桜に、笑みが戻った。

桜の笑顔を久しぶりに見て、蒼真は華奢な肩をそっと抱き寄せる。彼女は蒼真の胸に頬をつけた。

(蒼真兄さまの胸に抱かれていると安心する……あれから結婚の言葉は出ない。私を愛人として扱っているのだろうか……)

腕の中で小さく身震いした。

「寒いのかい？」

抱かれたまま首を横に振る。

(愛人でいい……)

蒼真は顔を近づけて桜の唇を軽く噛み、顎や鼻、閉じた瞼に軽くキスをしてから唇を重ねた。

彼女を抱き上げるとベッドルームに向かった。シーツの上に下ろすと、唇を再び重ねる。

「ん……っ……」

「お前に触れずにはいられない……」

桜の首に舌を這《は》わせ、吸い上げる。

「っ……あ……」

ナイトウェアのボタンが外されて、形のいい胸があらわになると、桜が恥ずかしそうに腕で隠す。その腕を蒼真は軽く噛んだ。

「隠すんじゃない」

胸に置いた腕を彼に外されて、膨らみにキスが落とされる。

「嫌っ」

ツンと尖《とが》りを見せた頂が蒼真の口に含まれる。ちゅうと吸われるたびに、身体を震わせた。

「可愛い桜」

蒼真の身体の下で甘い声を上げる桜。

「お前がなんと言おうと離さない」

ふたりが眠りに就いたのは、それからしばらく経ってからだった。


太陽の眩しさに桜は目が覚めた。

（そうだ……カーテンが、まだなかったんだっけ……）

蒼真の腕の中から上体を起こした。はらりと布団が滑り落ち、慌てて自分の胸を腕で隠す。

「隠すなよ。綺麗だ」

蒼真は目を覚ましており、桜の胸を隠している手を外す。

「や……」

彼の指が、つーっと胸を撫でる。

「ダ、ダメッ」

蒼真の腕から逃れるように身体を反らした。それが彼には気に入らなかった。

腕をグイッと引っ張られ、桜の身体が押し倒される。

「蒼真兄さまっ」

「蒼真と呼べ、と言っただろう?」

唇を重ねると、蒼真は桜からすんなり離れた。

こうして桜と戯れていたかったが、時計の針は七時を指していた。今日は十一時からオペが入っている。

「残念だな。俺は起きるが、桜はまだ寝ていなさい」

「ううん。朝食を作るから」

「無理しない程度にな」

そう言うと蒼真は起き上がり、バスローブを身に着け、バスルームへ消えた。

その間に桜はキッチンへ行き、コーヒーメーカーをセットし、冷蔵庫を開けてなにが作れるか見る。

ひとり暮らしが長いので、手早く朝食を作る。

完成した頃、蒼真がチャコールグレーのスーツに薄ピンクのストライプのネクタイを締めて、姿を現した。

「いい匂いだ」

テーブルの上に、ベーコンエッグとレタスの皿が用意されている。

トーストもいい具合に焼けており、コーヒーの香ばしい香りが漂っていた。

スーツを着てビシッと決まった蒼真を見て、桜は着替えていない自分が恥ずかしくなる。

「おいしいよ。ありがとう」

ベーコンエッグをひと口食べて蒼真が言うと、桜も食べ始めた。

「蒼真兄さま、美容室に行ってきていい？」

「美容室？」

「髪の長さがバラバラだから……」

桜は自分の髪に触れてみせる。

「行ってくるといい。ただし、逃げないこと」

ひとりにすると、またどこかへ行ってしまいそうで、蒼真は不安だ。

「逃げないから」

「信用するよ。これがこのマンションの鍵だ。使い方はわかるね？」

「はい」

鍵を受け取った桜に、蒼真は財布から札を取りだしてテーブルの上に置く。

桜をひとりにするのは心配だった。しかし今、彼女が頼っているのは自分だけ。そう考え、部屋の鍵と金を渡した。

「美容室の分ぐらい持っています」

「生活費として渡しておく。好きに遣っていい」

インターホンが鳴り、凛子が入ってきた。

「では、行ってくるよ」

まだナイトウェア姿なのを凛子に見られて真っ赤になっている桜の唇に、蒼真はキスを落とした。

蒼真と凛子が行ってしまうと、桜はホッとしているのか寂しいのかわからない気分になった。


食事を食べ終え、綺麗に片づけるとシャワーを浴びた。

クローゼットの中を見ると、蒼真が用意した服が目に入った。上質なブランド物のワンピース。

ファッションに興味がないわけではない。綺麗な服を見ると気分が浮き立つ。自分の持っていた服とそのワンピースを見比べた。

「こっちにしよう」

蒼真に買ってもらったワンピースを、クローゼットから出した。

この街は秋月家の隣駅だと聞いている。通学していた学生の頃、ここの駅はいつも通り過ぎるだけだったので、なにがあるのかもわからない。

(蒼真兄さまは、マンションの一階にお店がたくさんあるって言っていたっけ。とりあえず下りてみよう)

一階には十店舗ほどがあった。新築のマンションなので、店はどこも新しい。桜はその中で見つけた美容室に足を進めた。

「いらっしゃいませ」

若いイケメンの青年が受付にいて、桜を出迎える。茶髪で、襟元までのくしゃっとふんわりヘアの淳《あつし》は、目鼻立ちがはっきりしていて、アイドルグループにいそうなくらい顔が整っていた。二十三歳で美容学校を出てから、ここに勤めている。

「お客さまは初めてのご来店ですね?」

「え……あ、はい」

「一度いらしていたら覚えますよ、可愛い人は。綺麗な瞳ですね」

容姿を褒められて、桜は戸惑いの表情を浮かべた。

「今日はいかがされますか？」

「予約をしていませんが、大丈夫ですか？」

「はい。ちょうどキャンセルが出ましたので」

淳はパソコンの画面から顔を上げると、営業スマイルを浮かべる。

「では、カットをお願いします」

桜はコートを脱いで、バッグと共に彼に預けた。


思いのほかどんどん切られていく様を、桜は鏡の中で眺めていた。仕上がった自分を見て、幼くなってしまったと思う。

（ますます、蒼真兄さまの横にいるのが不釣り合いに思える）

「似合いますよ。すごく可愛い」

髪を切ってくれたのはその店のオーナーで、彼もイケメンだ。美容師はみんなカッコいいのだろうかと思ってしまう。

（年は蒼真兄さまと同じくらい？）

「ありがとうございました」

オーナーの年齢を考えながら、鏡に映る彼にお礼を言った。

美容室を出ると、マンションを離れて大通りに出てみた。

(今日の夕食はなににしようかな)

寒さにぶるっと震える。

(ここ……知っている。蒼真兄さまが車で学校に迎えに来てくれたときに、よく通った道だ。この先に大きなスーパーがあるはず)

足早に歩くと、角を曲がったところにスーパーが見えた。

「あった! よかった」

口元に笑みを浮かべて、桜はそこへ向かった。


買い物を済ませてマンションへ戻ると、十四時を回っていた。

購入した食材を冷蔵庫に入れると、ベーグルと紅茶を持ってソファに座った。

シカゴにいたときにはなかった、ゆったりとした時間を久しぶりに感じる。

(幸せ……)

三年前に幸せはあっけなく遠ざかったものだった。急遽《きゅうきょ》、アメリカの祖母の元へ行くことになり、そのときは苦しみから逃げられる道があってホッとした。

でも、優しい祖母だったが、蒼真と一緒にいるような幸せは感じられなかった。

(ごめんね……グランマ、望くん……。今、蒼真兄さまのそばにいられてすごく幸せなの。もう少しだけ……いさせて)


蒼真の担当したオペは、思ったより時間がかかってしまった。腫瘍が神経の奥に巣を作り、やっかいなものになっていた。

手術室から出ると、十九時を過ぎていた。オペ中は桜のことを考えなかったが、今はとても気になる。執務室に戻ると、凛子は論文を清書する作業をしていた。


「遅い……大変な手術だったのかも」

やることがない桜はソファの上でぼんやりしていた。

(短くなった髪を、蒼真兄さまはどう思うかな……)

鏡に映った自分は男の子みたいだった。思ったより短くなって、首元がスースーしている。

それから少しして、玄関のドアが開く音がした。続いてリビングのドアが開き、蒼真が入ってきた。

「おかえりなさい」

目と目が合って、彼の切れ長の目が大きく見開かれた。

「桜……」

髪が短い桜に、蒼真は驚いている。

「やっぱりおかしいかな?」

絶句したような彼を見て、桜は襟元のショートの髪に手をやる。

「かなり短いな」

「ん……揃えてもらったら、こうなっちゃったの。すぐに伸びると思うけど。似合わない?」

「いや、そんなことはない。似合うが驚いたよ」

確かに切る前までの桜の髪型は、今よりも洗練されてはいなかったが、それよりも短くなってしまったことに、蒼真は内心ではがっかりしていた。どんな髪型でも、愛する桜には変わりないのだが。

「よかった。食事にしよう?」

蒼真の反応が心配だった桜は、やっと柔らかい笑みを浮かべた。

大好きな人に自分の作った料理を食べてもらっていた。

「蒼真兄さまの好きな和食じゃなくて、ごめんなさい」

桜は家庭では洋食よりも和食を好んでいるのを知っている。だが、和食を作るのは苦手で洋食にしてしまったことを気にしていた。

そんな桜とは反対に、蒼真は愛する彼女の手料理を喜んでいた。

「なにを言っている？　桜が作ったビーフシチュー、おいしいよ。かなり煮込んだんだろう？」

作り始めた時間はそれほど早くなかった。蒼真が帰ってくるのが遅かったのだ。その間、ＩＨの熱でコトコトとビーフシチューは煮込まれていた。このマンションがオール電化でよかった。桜はまだ火を直視できない。

蒼真が手術室に入ってなにも食べていなかったせいもあり、作りすぎたと思っていた料理は、綺麗になくなった。

そうやって幸せを感じると、望の顔が浮かぶ。胸に突き刺さる痛みに襲われる。

（望くん……ごめんね……今だけだから許して）

洗い物を済ませてキッチンを出ると、紺色のバスローブを着た蒼真が現れた。その姿に桜の心臓がトクンと音をたてた。

「桜、俺はまだ仕事が残っているんだ。先に寝ていなさい。明日は病院に行くから、よく眠るんだよ?」

(そうだ。簡単な検査って言っていたっけ……)

すっかり忘れていて、桜は慌てて頷く。

「おやすみ」

「おやすみなさい」

桜の額に口づけを落とすと、蒼真は書斎へ消えた。


検査の予約時間は十時。蒼真の仕事場でもある大学病院で検査する。

「終わったらおいで」

患者で混み合っているが広い清潔なロビーで、蒼真は凛子に桜を任せ、スタスタと行ってしまった。

「桜さま、こちらです」

凛子に促され、受付に向かう。受付の女性は用紙を凛子に渡した。

「桜さま、ご記入をお願いします」

「はい」

桜は名前と年齢を書いていくが、住所の箇所で手が止まる。

「凛子さん、住所を教えてください」

「残りは私が書きますね」

凛子は優しく微笑み、残りの必要事項と合わせて記入した。

「それでは、呼ばれるまであちらの椅子でお待ちください」

桜が受付の女性に言われた通り椅子に腰かけると、その横に凛子も座る。

「凛子さんもお仕事があるんですよね？　ひとりで大丈夫なので、行ってください」

「これも仕事のうちですから。髪、かなり切られたのですね？」

初めて見る桜のショートヘア。ボーイッシュな髪型もよく似合ってはいた。

「気がついたら、こんなに短くなっていて……」

「意外でしたが、ステキですわ」

「クラインさ〜ん、二番の診察室へどうぞ」

そこへ桜の名前が呼ばれた。

「では、私はここにおりますから」

「はい。検査に行ってきます」

桜はにっこりと笑みを浮かべると、ドアに向かい、二番のプレートがかかっている部屋のドアをノックする。

「どうぞ」

中から女性の声が聞こえ、ドアを開けて入った。

「よろしくお願いします」

ペコッと頭を下げてから顔を上げると、絶句する。

「蒼真兄さま!?」

「丁寧な患者さんだね？　それに可愛い」

白衣を着て聴診器を首からかけている姿に、桜の心臓はドキドキしてきた。

「ふざけないでください。なぜ蒼真兄さまが？」

すぐそばに看護師がいるのだが、甘い言葉を言う蒼真に顔をしかめている。

「この部屋の医師は女ったらしでね。大事な桜を任せたくなくて代わったんだ」

「だって、その人は先生なのに……」

その部屋にいた看護師は驚いていた。若き天才医師が、この女性に笑顔で親しげに話をしている。しかもここの担当医の許可を取り、忙しい身でわざわざ彼女の検査をしようとしているのは、驚き以外の何物でもない。

「座って」

桜は言われるままに、蒼真の目の前の丸椅子に座る。

「ブラウスのボタンを外して」

蒼真は聴診器を耳に当てて、桜のほうを向いた。

桜は動けなかった。彼を医者として見られない。こんなシチュエーションでブラウスのボタンを外すのは、恥ずかしかった。

「桜、自分で外さないのなら、私がやってもいいが？」

「蒼真兄さま……」

桜はブラウスのボタンを数個外した。

ブラウスをはだけさせなくとも、聴診器で音を聴くことはできるのだが、蒼真は桜の羞恥心を煽《あお》りたかったのだ。

ブラジャーから覗く胸に聴診器を当てる。

「心臓の音がうるさいな」

「だって！」

（蒼真兄さまのせいなのに）

「秋月先生～、もういいか～？」

奥にあるパーティションの裏から男性の声が聞こえた。その声に桜はビクッと驚く。

「あぁ……」

蒼真は返事をしながら、桜のブラウスのボタンを留めた。そこへノンフレームのメガネをかけた男性が現れた。白衣を着ているので、医師なのだろうかと桜は考える。

「ずいぶんお楽しみだったな？」

男性はニヤッと蒼真を見てから、桜に視線を移した。

「婚約者を振ってまで、そばに置きたい彼女が君か」

「おい」

ずけずけと言う男性に、桜が驚いているのがわかる。

「でも、君はすごく可愛いね。蒼真がそばに置きたがる理由がわかるよ」

そう言われて、桜が戸惑った表情で蒼真を見る。

「総司朗《そうしろう》、桜が怯えるだろう。お前が来ると検査が進まない」

蒼真に冷たく言われ、総司朗と呼ばれた男は肩をすくめると、少し離れた窓際の椅子に足を組んで座った。

「桜、腕を出しなさい」

看護師が近づき、注射器の乗ったトレイをデスクの上に置く。

採血も看護師任せではなく、蒼真が自らやる。少しチクッとしただけで、桜の血がどんどん注射器の中へ吸い込まれていく。

「あとは心電図と、レントゲン、尿検査だな」

心電図、レントゲン技師は女性なので蒼真は安心している。しかしここでの診察は、総司朗に任せたくなかったのだ。

「君、案内してくれないか」

蒼真は看護師に桜を案内するよう頼む。

「わかりました。どうぞこちらへ」

「桜、彼女についていきなさい」

「はい」

桜は総司朗に軽く頭を下げて、看護師のあとについていった。

検査が終わり、ロビーに戻ると凛子が桜の姿を見て立ち上がった。手には桜の白いコートを持っている。

「これで終わりですね？」

凛子の言葉に桜は頷いた。

「それでは、蒼真さまの執務室に参りましょう」

凛子は五階にある蒼真の執務室に案内する。

「失礼します」

中に声をかけてドアを開けると、桜に入るよう促す。

「どうぞ。蒼真さまがお待ちですよ」

診察室のような部屋なのかと思っていた桜だが、この部屋は社長室みたいだった。広くて窓際に大きな机があり、中央に応接セットが置いてある。

黒い革張りのソファに座るように言われて、端に腰を下ろした。

「お疲れさま。心電図とレントゲンは無事に終わった？」

執務机に向かっていた蒼真は立ち上がると、桜の対面に座る。

「はい」

そのとき、凛子が紅茶のカップをふたりの前に置いた。

「喉が渇いただろう。飲みなさい」

カップからは、桜の大好きなアールグレイの香りがした。

「いただきます」

砂糖を少し入れて飲むと、ホッとする。やはり病院は苦手だ。

「少しだけ待っていてくれ。出かけよう」

「えっ⁉　お仕事は……？」

「今日は出かけるつもりだったんだよ」

蒼真が桜に向ける甘い笑みを見ながら、凛子は笑いを堪えていた。

今日はオペが入っておらず、診察した桜とこのあとも過ごしたくなった蒼真は、スケジュールを調整するよう凛子に指示したのだ。


「どこへ行くの？」

「携帯を買おうと思ってね」

隣の助手席に座った桜をチラッと見て言う。桜の返事は頷くだけだった。自分のスマホを買うとは、夢にも思っていないらしい。

蒼真は店の駐車スペースに車を停めると、桜に降りるように言った。

携帯電話のショップに入って蒼真が口を開く。

「好きな携帯を選びなさい」

「え？　私の？　いらないです。必要ないから」

「必要なくはないだろう？　緊急のときに連絡できないのは困る」

蒼真に強く言われて、桜は仕方なく選び始めた。しかしなかなか選べない。

そんな桜に、男性店員が近づいてきた。

「お客さま、どのような携帯電話をお求めですか？」

にこやかに営業スマイルを向けてくる男性に戸惑い、蒼真を見た。


「ありがとう。蒼真兄さま」

再び助手席に座った桜は、蒼真にお礼を言う。手には、たった今買ってもらった白いスマホを持っている。

「桜、携帯を貸しなさい」

真新しいスマホを桜から受け取った蒼真は、自分の番号を登録する。

「一番最初に俺の番号が入っている。凛子のも入れておいたよ」

「はい」

返してもらったスマホを確かめている桜。

一生懸命に見ているその姿が可愛くて、桜の髪に手を伸ばした。軽く引き寄せると、髪に口づけを落とす。

「食事をして、ドライブしようか」

「蒼真兄さま……」

「最初から始めよう。三年前みたいに戻って、普通のデートをしよう。あのときはあまり出かけられなかっただろう？」

桜の気持ちが徐々に和らいでいるのを感じた蒼真は、ドライブに誘った。

「はい……」

(三年前に戻れたら、どんなにいいかと思う……だけどそれは無理なこと)

でも、少しだけなら……という気持ちが桜の心に芽生えているのも確か。

(ごめんね、望くん……)

「蒼真兄さま、コンビニのおにぎりが食べたい」

桜は微笑み、蒼真に甘えることにした。彼もそう望んでいる。

「おにぎりか。そんなのでいいのか？」

「はいっ」

無邪気に微笑む桜。

蒼真はその微笑みを見て、彼女が事故前に戻ったようで心が安らぐ思いだった。

途中のコンビニでおにぎりを買うと、動物園に車を走らせた。

駐車場に停めて、まず動物園に隣接する公園に向かう。

真冬の平日のこの時期。公園には、人はほとんどいなかった。温かいお茶を自販機で購入し、ベンチに腰かける。

(蒼真兄さまが、ベンチに座ってコンビニのおにぎりを食べているなんて似合わない)

こんなところで安いものを食べることなどないだろう、と桜は申し訳なくなった。

「寒いだろう?」

「これがあるから大丈夫」

両手でお茶のペットボトルを挟んでみせた。


おにぎりを食べ終わったふたりは、動物園に向かって歩き始める。

蒼真は桜の手を握った。手袋をしていない彼女の手は冷たい。

「手が凍りつきそうなほど冷たいな」

「蒼真兄さまもね」

蒼真は桜の手を、自分のコートのポケットに入れた。そのままふたりは寄り添うように歩く。

真冬の寒さに動物たちは活動が鈍く、あまり外に出ていない。

蒼真は過去に一度だけ、桜と動物園に行ったことがある。あのときの桜は十歳の小学生だった。まだ桜が秋月家へやってくる前。クライン夫妻は用事があり、桜を連れていけなかったので、蒼真が引き受けたのだ。

「思い出した……」

急に桜は立ち止まり、呟く。

あのときも真冬で、『寒いから暖かい場所へ行こう』と言う蒼真に、桜は『動物園に行きたい』と言って譲らなかったのだ。

寒さで出てこないライオンを『絶対に見たい』と言って、長い間檻《おり》の前にいた。風邪をひくのではないかと蒼真は心配したが、案の定、その夜桜は熱を出した。

「思い出した、って？」

いきなり立ち止まった桜を振り返り、蒼真は聞く。

「一度、蒼真兄さまに連れてきてもらったよね？」

「そうだな」

あのとき、蒼真は十八歳だった。留学中で、たまたま日本に帰っていたときだった。

カッコいい蒼真は桜の自慢のいとこで、一緒に出かけるのが楽しみだった。

「今日もライオンの前で待つのか？」

その言葉に桜は驚いた。

「蒼真兄さまも覚えていたの？」

「もちろん。鮮明に覚えているよ。お前はフランス人形のように可愛かったが頑固だった。いつもはものわかりのいい子だったが。ライオンを待っていたおかげで熱を出したしな」

心配したが、今となっては貴重な記憶だ。蒼真は当時の桜を思い出して、口元を緩ませる。

「熱を出したのは覚えてない……」

「今日は許さないからな？」

「あの頃は小さかったから」

桜は冗談めかして言う蒼真に笑う。

当時、蒼真が自分の言いなりになってくれるのが、幼いながらも嬉しかったのを覚えている。

「頑固さは今も変わらない」

彼の笑みが消えて、桜は面食らった顔になる。

「私が頑固？」

「ああ。自分の胸に聞いてみるといい」

（結婚のことを言っているんだ……）

「蒼真兄さまの頑固さも負けていないと思うけど」

　ぼそっと呟くように言うと、蒼真は再び楽しそうに笑った。


　足元から冷えていく寒さの中、動物園をひと回りしてから、ふたりは車へ戻った。

「今度は暖かい時期に来よう」

　またいつか来ようという意味の蒼真の言葉は、桜の胸を突き、涙が出そうになる。

（『いつか』は、ない……）

「返事をしてくれないのかい？」

「え？　あ、はい」

　車に戻った途端、再び自分の殻に閉じこもってしまったような桜。

「身体がだるくなったのか？　風邪をひいたかもしれない」

　右手をステアリングから離して桜の額に触れる。熱はなさそうだった。

「大丈夫。もう帰るんでしょう？　マンションに着いたら、お夕食の材料で足りないものを買ってくるね」

悲しみを押し隠して、桜は微笑んだ。

数時間前、蒼真たちと別れ、病院から家に戻っていた凛子は、美沙子に呼ばれた。

「凛子さん、蒼真さんは一緒ではないの？」

少しいらいらした口調で聞かれたが、凛子の表情は変わらない。美沙子の威圧的な態度は昔からだ。凛子はそういう人物にもうまく対応できるようになっていた。

「蒼真さまは神戸《こうべ》へ行っておられます」

「あなたはついていかなくていいの？」

『秘書なのに』と付け加えたいのだろう。

「はい。私は書類整理などの仕事がありますので」

「まったく、どういうことなのかしら。いきなり婚約破棄だなんて。あちらさまに申し訳ないったら……」

婚約破棄をした息子に、美沙子はまだ一度も会っていない。連絡も取れず、なしのつぶての息子に苛立っていた。

「私はなにも存じ上げません」

「いいわ。連絡を取ったら、私に必ず電話をするように伝えなさい」

凛子の表情は変わらなかったが、内心はホッとしていた。

これ以上聞かれては隠しきれなくなる。美沙子が桜のことを知ったら、激怒することは間違いない。

応接室を出ると、心配そうに父が近づいてきた。

「奥さまはなんの用だったんだ?」

自分ではなく娘が呼ばれ、何事かと不安な南条だ。

「蒼真さまがお戻りになられないから、心配みたいで」

「そうか……」

凛子は父にもふたりのことを内緒にしていた。いつかはバレるにしても、今はそっとしておいてあげたかった。

車を地下駐車場に停めて、エレベーターに乗り込む。桜が一階で下りると、蒼真もついてくる。

「蒼真兄さまは戻っていていいのに」

「荷物持ちが必要だろう?」

そのとき、桜の名前を呼ぶ声がした。

「桜ちゃん！」

向こうから歩いてくるのは、美容室の受付にいた彼、淳だ。

「あ、こんにちは」

桜は頭を下げたが、蒼真は誰なのかと怪訝そうに淳を見る。

「やっぱりその髪型、よく似合っているね」

彼はそう言ってから、隣にいる端整な顔の男性が桜の連れだと気づいた。

「桜ちゃんのお兄さん？」

「え……」

『お兄さん？』と言われて、いらっとした表情を隠さない蒼真。

「恋人です」

桜の代わりに蒼真はそっけなく答えた。

「あ……そうでしたか。そこの美容室に勤めています、加藤《かとう》淳といいます。じゃあね、桜ちゃん」

淳は自己紹介をして、数メートル先の美容室へ入っていった。

「買い物を済ませよう」

蒼真は髪型を褒める淳を警戒するそぶりを見せない桜に、内心ムッとしたが、平静を装う。

「はい」

ふたりはベーカリーに向かって歩きだした。

食欲をそそる匂いが漂ってくるベーカリーの中へ入り、バゲットを買う。手を繋いだ反対の手に蒼真がバゲットを持ち、買い物を終わらせたふたりはエレベーターに乗り込んだ。

桜は部屋に入るとホッとした。もうここが自分の家のようになってしまった。

コートを脱いで、ハンガーにかけに行き、すぐ戻ってくる。

テーブルの上に置いてあったバゲットをキッチンへ持っていった。

「蒼真兄さま、コーヒー飲む？」

「ああ、頼む。着替えてくるよ」

蒼真はリビングを出ていった。

桜が作った夕食を食べ終わると、蒼真は書斎へ入ってしまった。今日一日、自分に付き合ってくれて仕事がたまってしまったのだろうと思うと、桜は申し訳ない気持ちでいっぱいになる。せめてコーヒーを飲んでもらいたくて、コーヒーメーカーに粉をセットして待った。

できあがると、カップにたっぷり注いで書斎に向かう。

部屋をノックすると、すぐに返事があった。

「どうぞ」

「お仕事中だよね？　コーヒーを淹れたの」

「ありがとう。ちょうど飲みたいと思っていたんだ」

桜は机の上に、邪魔にならないようカップを置く。蒼真好みの少し濃いめのブラックコーヒーだ。

「おいしいよ。まだ遅くまでかかりそうなんだ」

「じゃあ、先に休むね。おやすみなさい」

桜は少し寂しく思いながら書斎を出た。

しっかりドアが閉まると、蒼真はため息をついた。桜のそっけなさにだ。すぐ他人行儀になってしまう彼女に頭が痛い。

桜と話をしたいが、凛子から今日渡された、明日の研修の講義に使う書類に目を通さなければならなかった。


湯船に浸かりながら、桜は考え事をしていた。

今の自分は幸せだ。すぐ近くに愛する蒼真がいて、彼はいつも気にかけてくれる。

でも幸せが長く続かないことくらい知っている。いつもそうだった。

自分を愛してくれた両親が交通事故で亡くなったとき。

望が死んだとき。

シカゴの祖母が亡くなったとき。

すべてが幸せだと感じたあとに、毎回つらい選択に迫られたのだ。今が幸せでも、じきに悪いことが起こる。

そう考えてしまうと、突然悲しくなって涙が止まらなくなった。

「う……っく……」

涙を止めようと、湯船の中に頭まで浸かった。苦しさの限界まで潜っていたが、息が苦しくなって顔を出した。

「は……ぁ……はぁ……」

そしてバスルームを出ると、一時間近く入っていたことに気づく。シカゴから持ってきた、着慣れた水色のパジャマを着た。

ベッドルームに戻っても、まだ蒼真の姿はなかった。

（蒼真兄さま、忙しいんだ）

そう思うと、ベッドに入るのが悪い気がする。

時計を見ると、二十四時を過ぎている。

あくびを噛み殺して、シカゴから持ってきた本を手に取った。


本を読み進め、眠気に逆らえなくなったとき、ベッドルームのドアがそっと開いた。

「桜……」

一時を過ぎたのにまだ起きていた桜に、蒼真は驚いている。

近づき、オレンジのほのかな明かりに照らされている彼女の顔を見る。

「眠れないのか？」

「ううん。眠くなっていたところ。もう寝ます」

桜はサイドテーブルに本を置いて、小さく微笑むと目を閉じる。

「おやすみ」

蒼真は桜の額にキスを落とすと、バスルームに消えた。

蒼真が戻ってきたときには、桜は布団の中で身体を丸めるようにしてぐっすり眠っていた。あどけない寝顔は十八歳の頃と変わっていない。

サイドテーブルの本が目に入る。昔から本が好きなのは変わっていないようだ。

大学へ行きたいのだろうか、経済上、やむなくあきらめたのではないだろうかと、ふと思う。頭のいい子だったから、大学に行きたかったに違いないと考える。

蒼真が横になると、桜が擦《す》り寄ってきた。無意識の行動が彼には嬉しい。

ピンク色の唇に軽くキスを落とすと、桜を抱き寄せた。

目覚まし時計が鳴った。覚醒しないまま桜の手が時計を探して、パタパタ動く。その間も、ジリジリジリとけたたましい音が鳴っている。探す手が大きな手に包まれた。

ハッと目を開ける。蒼真が目覚まし時計を止めていた。

「蒼真兄さま、ごめんなさい。起こしちゃった」

先に起きて朝食を作ろうと思っていたのだが、眠気には勝てなかった。

「おはよう。桜」

彼の手が背中に回り、桜は起き上がれなくなる。

「お、おはようございます」

蒼真の瞳と目が合い、桜の頬が赤く染まっていく。

「離して……朝食を——っん……」

蒼真は口元に笑みを浮かべると、桜にキスした。突然唇を合わせ、楽しむように桜の唇を吸う。

「蒼真……」

彼の唇が、桜の鎖骨のくぼみに押しつけられた。

「あ……んっ……」

きめ細かい肌を味わいながら、唇を耳の下まで滑らせる。

桜は蒼真に翻弄されていった。


蒼真が着替えている間に、桜が朝食の用意をしていると、彼がダイニングに姿を現した。ぼんやり宙を見つめている桜の後ろから、そうっと手の中の包丁が取り上げられる。

「えっ？」

桜はびっくりして蒼真を見る。

「包丁を持ってぼーっとしていたら危ない」

「あ……」

蒼真は包丁をケースに入れた。そして後ろから桜を抱きしめて、頬にキスを落とす。

「メロンを切ろうと……」

「メロンはいいよ。今夜のデザートにしよう」

蒼真は桜をダイニングテーブルへ連れていった。

彼女を椅子に座らせると、コーヒーをカップに注ぎ、渡す。

「桜、大学へ行きたいか？」

昨晩ふと思ったことを聞くと、桜はフォークを持つ手を止めて、驚いたように彼を見る。

「大学？」

そう呟いてから、首を大きく横に振った。

「ううん」

「行きたかったら、行ってもいいんだよ」

「私、仕事を探そうと思っているの」

「仕事？」

思いがけない桜の言葉に、蒼真の片方の眉が上がる。

「昼間は暇だし……」

「……働くのはどうかと思うよ。俺が海外出張のときには、ついてきてもらいたい」

「そんな……」

働くことを反対されて、桜の顔がこわばる。

「二ヵ月に一度は出張がある。その間も海外に行くかもしれない」

「でも、普段はなにもすることがないから」

桜はなにもしないで家にいるのは嫌だった。

「大学ならば、ある程度は時間の都合もつけられるだろう?」

「勉強は嫌い……自立したいの」

「自立?」

桜から『自立』の言葉が出て、もう一度聞き返す。蒼真の秘めた怒りを感じて、彼女は口をつぐんだ。

「お前は俺の愛人だ。自立など必要ない」

静かな声だが、明らかに怒っているような厳しい言い方。

(愛人……)

蒼真に『愛人』と言われて、目頭が熱くなった。

「桜?」

「ごめんなさい。ちゃんと話せない……いってらっしゃいませ」

ベッドルームに行き、ドアに鍵をかけた。

「桜！　子供のような真似《まね》はやめるんだ」

乱暴にドアが叩かれる。

「愛人は家にいますっ！」

愛人という立場で一緒にいるはずなのに、その言葉を聞いた途端、桜はショックを受けたのだ。気分がひどく落ち込んでいくのがわかる。

「桜、開けなさい」

——ピンポーン。

インターホンのチャイムが鳴った。おそらく凛子だろうと、ベッドルームのドアの前から蒼真は動かなかった。

「桜?」

「早く行って」

ドアの向こうから聞こえる静かな声。

「ダメだ。開けるんだ！」

蒼真はドアを壊しかねないくらいの勢いでドアノブを動かす。

「蒼真さま、なにをしているんですか？」

室内へ入ってきた凛子は驚いた顔になる。ベッドルームの前にいる蒼真は、苛立ちの表情をしていた。

「凛子、車で待っていてくれないか？」

そう言うと、蒼真は再びドアをノックする。

余裕のない彼を見て、凛子はその場を動けなかった。

「桜、出てくるんだ」

「嫌っ！」

時間がない蒼真は折れるしかなかった。

「わかった。帰ってきたら話し合おう」

こんな桜をひとり置いていくのは心配だったが、仕事を放りだすわけにもいかない。

「桜さま、仕事に行ってきますね」

桜が安心して出てこられるように、凛子は優しく声をかけた。

第五章　大切な時間

しばらく経つと部屋から出て、桜はキッチンへ行った。朝食の洗い物を全部済ませ、リビングに掃除機をかける。

少しして、蒼真の書斎を掃除していなかったことに気づき、足を向ける。

書斎の奥の部屋は、着替えに使っている部屋。そこに入り、クローゼットを覗いてみた。スーツとワイシャツがそれぞれ六着ほどかかっているだけだった。

そのガランとしたクローゼットを見て、悲しくなった。

(ずっとこのマンションにいるわけではない……蒼真兄さまにとって、ここは愛人を住まわせる仮住まいに過ぎないんだ)

掃除機をかけてリビングに戻ると無性に、ここにいたくない衝動に駆られる。

茶色のコートとバッグを手にすると、マンションを出る。特に行きたいところはないが、部屋が息苦しく感じられて外に出たくなったのだ。

やみくもに歩いていると駅が目に入り、足を進める。路線図を見ていたら、両親の墓がある駅を見つけた。

桜は墓参りに行くことにした。両親の墓は東京の郊外で少し遠いが、電車を乗り換えながら、ふたりが眠る土地に向かった。


墓を訪れるのは四年ぶりだった。

(パパ、ママ……長い間来られなくてごめんね……)

誰も来ていなかった墓は、草が伸び放題でひどいありさまだった。

草をむしり、丁寧に掃除をして墓石をピカピカにし、途中で買った花を供える。

墓石の前で両手を合わせて、両親に話しかける。桜は長い時間、そこにいた。寒くて仕方なかったが、離れたくなかった。

(私はどうすればいいの？　私たちは一緒にはなれない)

自分と蒼真の生活は一時の幻なのだ、と思う。

(すべては幻影。今だけの甘い夢……)

小さな石の上に座り、寒さをしのぐように両腕を身体に回す。

ぼんやりうつむいていると、バッグの中から音楽が鳴った。

その音に身体をビクッと震わせ、スマホを取りだす。着信相手の名前は蒼真だ。

(蒼真兄さま……そうだ……今朝ケンカしちゃったんだっけ……)

そのことが引っかかって、なかなかボタンを押せない。

着信音がプツッと切れた。

しかしその直後に、スマホがもう一度鳴り始め、桜は画面を見つめる。今度は凛子からだった。

「は……い……」

『桜さま、蒼真さまに代わります』

凛子のホッとしたような声が聞こえてきた。

「え……あの……」

『桜、どこにいる？』

蒼真の怒りを含んだ低音の声に、電話を落としそうになる。

『桜？』

「え、は、はい……」

『どこなんだ？』

「両親のお墓に……」

蒼真の深いため息が、スマホを通じて聞こえてきた。

『そんなに遠くまで……もう遅い。すぐに帰ってくるんだ』

もしかしたら桜は帰ってこないつもりでは、と蒼真に不安がよぎり、強く言った。

しかし桜の返事がない。

『聞いているか？』

「……これから戻ります」

自宅マンションのある最寄り駅まで二時間はかかる道のり。

『いや、迎えに行く。そこの駅近くのカフェにいてくれ』

「来ないで。電車のほうが早いから、いい……」

『……わかった。気をつけて帰ってくるんだよ？』

「はい」

静かに返事をした桜は、通話を切ると、バッグの中へスマホをしまった。


それから急いで駅に向かい、ちょうど来た電車に乗る。ところがその電車は桜の帰る方向とは反対行きのものだった。気づいたのは三十分も乗ったあと。

桜は重いため息をついた。

（やっちゃった……乗り間違えちゃうなんて、バカ）

正しい方向の電車に乗り、椅子に座ると、疲れて目を閉じた。

（蒼真兄さま、怒っているだろうな……）

昔も帰りが遅くなったことがあって、叱られたのを思い出していた。

一時間後、やっと乗り換えの駅に着いて、ホームで電車を待った。木枯らしが吹きつけて寒さに震える。目の奥が痛くなってきた。頭痛の起こる予兆だ。

一方、桜が帰ってくるまで、蒼真は気が気でなかった。帰宅予想時間を立て、凛子を駅まで迎えにやるが、まだ戻ってこない。凛子がマンションを出てから三十分以上経っていた。

桜のスマホにかけると、電源は切られていた。

きちんと整頓された部屋の中を、いらいらしながら歩き回る。すでに外は真っ暗だ。

やっとのことで桜が自宅マンションのある最寄り駅に着くと、改札口に凛子の姿が見えた。

「凛子さん……」

グレーのロングコートを着た凛子が桜に気づき、近づいてきた。

「おかえりなさいませ。蒼真さまが心配しておりますよ」

「ごめんなさい」

謝る桜は疲れた顔をしている。ふたりで駅を出ると、蒼真がこちらに向かってくるところだった。

「桜」

蒼真の声に、桜はビクッと身体を震わす。

「遅かったな。電車の乗り継ぎが悪かったのか？」

首を横に振ると、先ほどからの頭痛がさらにひどくなった。

「違う電車に乗ってしまって……」

ぐったりした表情の桜に、蒼真は怒っていたことも忘れ、肩を抱き寄せた。

今回は凛子が運転手役で、桜と蒼真は車の後部座席に座った。桜の表情が冴《さ》えず、心配だったのだ。

「私はこれで帰ります。明日は八時に参ります」

マンションの地下駐車場へ着くと、凛子が口を開いた。

「あぁ。ご苦労さま」

「桜さま、お疲れのようですので、ゆっくりお休みくださいませ」

凛子は自分の車に乗り換えると帰っていった。

「桜、行こう」

桜の腕に軽く手を添えて、蒼真はエレベーターに向かった。

ふたりで乗り込むと、桜の顔をよく見た。明るい場所だと、その顔色は青ざめていた。朝ふたりはケンカしていたのだ。一方的に桜が部屋にこもり、口論までには至らなかったのだが。

なにもこんな日に墓参りに行かなくても……疲れきっているじゃないか、と蒼真が考えていると、うつむいている桜の身体がグラッと揺れた。

「桜！」

「平気……」

頭の痛みに顔をしかめて、手をこめかみにやる。

「いつから頭痛がするんだ？」

頭痛がしたときに顔をしかめる仕草は、昔と変わらない。

「……電車に乗ってから」

エレベーターが到着すると、蒼真は桜を抱き上げて部屋に向かった。

数分後、桜はパジャマに着替えさせられて、ベッドの中に入っていた。頭痛を堪えるように身体を丸めて目を閉じている。

「薬をあげよう」

蒼真は薬を取りにベッドルームを出た。

戻ってくると、桜の身体を起こし、錠剤を二錠飲ませる。それから彼女の額に手を置いた。

「熱があるな」

額が熱かった。診察カバンを書斎から持ってくると、体温計を取りだして桜の脇の下へ入れる。

パジャマの上から聴診器を当て、測り終えた体温計を見ると、三十七度三分あり、これからまだ上がりそうだった。

耳から聴診器を外して、眠った桜を見つめる。

明日、蒼真はオペの予定がある。そのため桜の面倒を見てもらう人が必要だ。信頼の置ける人間を彼女につけなければ安心できず、その人物は蒼真にはひとりしか思い浮かばなかった。

凜子が秋月家の離れの自宅に戻り、ダイニングで食事をとっていると、父の南条が入ってきた。

「凜子、知らなかったよ」

突然言われて、箸を止めて首を傾げながら父を見る。

「なにを知らなかったの？」

「桜さまが蒼真さまと住んでいることだよ」

凜子は父の言葉に、目を大きくして驚く。

「どこでそれを？」

「蒼真さまから、先ほどお電話をもらったんだ」

彼の名前を出されて、ホッと胸を撫で下ろす。

「桜さまが風邪をひいて熱を出されたそうだ」

桜の様子がおかしかったのは、蒼真に叱られるのを恐れているからだと思っていたが、具合のせいもあったようだ。

「明日は手術があるそうだね？」

「ええ、夕方までかかる予定だわ」

「少しの時間だけ芳乃に来てほしいと言われたよ。もちろんおふたりのためなら喜んで伺うと言っておいたがね」

にこにこと嬉しそうな父に頷く。

「父さん、秋月のおばさまには、蒼真さまは出張に行っていると言ってあるの」

ふたりが一緒に住んでいることがわかれば、騒ぎになるだろう。

「わかっている。なにも知らないことにしておくよ。おやすみ」

南条は満足そうに頷くと、ダイニングを出ていった。彼は桜を目に入れても痛くないほど可愛がっていたから、喜ぶのも当然だ。

食事が終わり皿をシンクに運ぼうとすると、テーブルの上に置いたスマホに蒼真からの電話が入る。

「はい。蒼真さま」

スマホを耳に当てながら、シンクの中に皿を置く。

『話は聞いたか?』

「ええ」

『鍵を芳乃さんに渡して、使い方を教えておいてくれないか』

蒼真の声はなんとなく張りがないように聞こえた。

「わかりました。桜さまの具合は?」

いつも自信に満ちた蒼真なのに、と様子が気になる。

『それほど心配する状態でもないが、しっかりとした食事をとらせたくてね』

「母が喜んで行くそうです」

『芳乃さんによろしく伝えておいてくれ』

凛子は通話の切れたスマホをポケットへしまった。


桜は真夜中に目が覚めた。ベッドには自分ひとりしかいなかった。

(蒼真兄さま……?)

時計を見ると、一時ちょっと前。のろのろと起き上がり、ウォークインクローゼットに向かう。

頭痛はかすかな痛みに和らいでいた。だが身体が熱く、眩暈がして足元がふらつく。その拍子にハンガーに肩がぶつかり、落としてしまった。物音に蒼真が気づき、ベッドルームに入ってくる。

「桜?」

ウォークインクローゼットを覗き、ハンガーを拾おうとしている桜を見つけた。

「なにをしている?」

「汗をかいちゃって……」

「そういうときは俺を呼ぶんだ」

桜の身体を軽々と抱き上げてベッドに下ろすと、クローゼットへ行き、替えのパジャマを手にして戻ってくる。桜がパジャマのボタンを外そうとすると、その手を阻まれ、蒼真に着替えさせられた。

「横になっていなさい。水を持ってくる」

「はい……」

ベッドで目を閉じていると、蒼真がトレイを運んできた。

「桜、おかゆだ。食べなさい」

「……食べたくない」

食べ物のことを考えただけで気分が悪くなる。

桜の反応は蒼真の予想通りだ。

「少しでいいから食べてくれないか？　薬が飲めない」

目を閉じていた桜は、しぶしぶ小さく頷いた。彼女の身体を起こし、肩にカーディガンをかけ、それから蒼真は膝の上にトレイを置いた。

翌朝、桜の熱を測ると三十七度に下がっていた。安堵して見ていると、彼女が目を開いた。

「蒼真兄さま……」

ブルーグレーの瞳はまだぼんやりしている。

「熱は少し下がったよ。でも、今日一日寝ていること。あとで芳乃さんが来てくれる」

「芳乃さんが？」

芳乃の名前を出すと、桜は嬉しそうな顔になった。

「凛子の鍵を使って入ってくるから、気にしないでいい」

「はい」

蒼真はすでにビジネススーツを着ていた。

（そうだ……昨日、凛子さんは八時に迎えに来るって言っていたっけ）

そのときインターホンが鳴った。蒼真は桜の額にキスを落とすと離れる。

「帰りは夜になる。水分をよく摂るように」

桜を置いていくのは気がかりだが、もう一度桜の額に口づけて、出かけていった。

少しして、桜はベッドの上に身体を起こす。

（また迷惑かけちゃった。まさか二度も風邪をひいてしまうなんて、思ってもみなかっ

た。熱は下がったけど、身体はまだだるい）

ベッドから出て洗面所で顔を洗い、歯を磨くと気分が少しよくなり、もう一度横になった。

額に冷たいものが置かれた感触に目を開けると、優しい顔が覗いていた。

「芳乃さん」

「起こしてしまいましたね。すみません」

芳乃が部屋に入ると、桜が顔を赤くしており、額に触れると熱かったため、タオルを濡らして置いたのだ。

「わざわざ来てくれてありがとうございます」

「いいえ。蒼真さまとお住まいだと聞いて、ホッとしていましたよ。とてもステキなお部屋ですね」

芳乃としては、ふたりが一緒に暮らしているのは嬉しいことなのだが、いつかは大騒ぎになるに違いないと懸念もしていた。

「お腹は空いていませんか？」

今は十三時と、すでにお昼を過ぎているが、桜は首を横に振る。

「朝も召し上がっておられないのですよね？　栄養を摂らないと、風邪が治りませんよ？」

芳乃がやんわりとたしなめる。

「桜さま、お熱を測ってください」

芳乃から体温計を渡されて熱を測る。

——ピピッ。

少しして機械音が鳴り、体温を知らせた。

（三十八度……少し上がっちゃったな……）

「どうですか？」

「平熱でした」

体温計を見られる前に電源を落として、芳乃に渡す。

こんなに赤い顔をしていて平熱なわけがないと、芳乃にはわかっている。迷惑をかけないようにしようとする桜は、子供の頃と変わっていない、と。

「胃に負担をかけないお食事を作りましたから、お食べになってくださいね。今運んできます」

芳乃は出ていくと、すぐに食事を持って戻ってきた。蒼真の置いていった薬も忘れずトレイに乗っている。

「コホッ……」

喉が痛んで不快だ。

桜は身体を起こすと、レンゲを手にする。

少しずつ口に運んでくれる桜を見て、芳乃はホッとした。昔は熱を出すとなかなか食事をしない桜だった。

「おいしいです」

ブルーグレーの瞳を芳乃に向けて、にこっと笑う。

「それはよかったです」

芳乃も微笑を返して、桜が食べるのを見守っていた。

秋月家での仕事が待っている芳乃は、桜についていたかったのだがそうもいかず、一時間ほど経つと帰っていった。


蒼真は手術を終えるとシャワーを浴び、スーツに着替えて凜子の待つ病院の控室に行った。

「お疲れさまです」

テーブルの上にノートパソコンが開かれている。疲れたようにソファに座った蒼真に、凜子はコーヒーを淹れて、彼の前のテーブルに置く。

「母から伝言です。桜さま、昼食はそれなりに召し上がったそうです。ただ、熱は高いみたいで」

「まだ下がらないか……」

手術中は桜のことを頭から締めだした蒼真だったが、今の報告で一刻も早く帰りたくなった。

「それと、明日香さまからお電話がありました」

「イギリスから?」

「いえ、お屋敷に今日着いたとのことでした。早めのクリスマス休暇だそうです」

明日香が蒼真と愛理の婚約披露パーティーに出席しなかったのは、『行ったり来たりすると疲れるから嫌だ』という単純な理由で、イギリスから戻ってこなかったのだ。日本に帰ってくるといつも、明日香は蒼真にべったりな妹だ。望がいなくなったことで、余計に蒼真の行動が気になるようだ。秋月家を出ている蒼真の居所を探しだされないようにしなければ、と凜子は思った。

「凜子、海外からのオペのオファーはないか?」

「年明けに一件、ロスで入っていますが」

今は十二月の半ばで、桜のことを知られずに済むように、すぐにでも日本を出たいと思っている蒼真だ。

「早めに行きたいと伝えてくれないか」

「わかりました」

蒼真はポケットからスマホを取りだした。着信が五件入っていた。そのうちの三件は明日香だ。

小さなため息を漏らすと、彼女へ電話をかけた。

『お兄さま！』

「明日香、いつ帰ってきたんだ？」

『今朝よ。お兄さまはいつ神戸から戻るの？』

はずんだ声に、苦虫を嚙みつぶしたような顔になる。

「あと一週間はかかるな」

『そんなに長いのぉ⁉　早く会いたいのに。親友を連れてきたのよ』

明日香の甘えた声に、蒼真の表情が歪む。

「忙しいんだ」

『婚約解消したんだから、私の親友と付き合ってみて。すごく綺麗で性格もいいの』

「明日香、今はそんな気になれない」

冷たく言い放つと、明日香が電話の向こうで苛立ったのがわかった。

『お兄さまっ！』

蒼真のそっけない態度に、大きな声を上げる。

「これから患者を診に行かなくてはならないんだ。切るぞ」

有無を言わさず蒼真は通話を切った。


マンションに戻り、ベッドルームのドアを静かに開けると、桜が真っ赤な顔で荒い息をして眠っていた。

「桜！」

スーツのジャケットを乱暴に脱ぎ、桜の額に手を置く。

長い時間なにも飲んでいないようで、唇が乾いている。冷たい蒼真の手に、桜の瞼が開いた。

「そ……」

意識が混濁しており、すぐに目を閉じてしまった。

熱を測ると三十九度五分。聴診器を胸に当て、肺の音を聴き、肺炎にはなっていないようだと判断する。

「ゴホッ……ゴホ……」

苦しそうな咳《せき》。

「桜、すぐに楽になる」

桜を毛布で包むと、抱き上げた。


蒼真は大学病院へ車を走らせた。すでに二十時を回っており、救急の入口から入る。

時折、桜はひどい咳をしていた。

救急治療室のドアを開けて、桜をベッドの上に寝かす。

「酒井《さかい》先生はまだいる？」

「確認してみます！」

看護師が急いで、内科医の酒井総司朗に連絡を取ろうと受話器を持った。

総司朗は帰るところだったらしく、ワイシャツを着たまま白衣に腕を通しながらやってきた。

「蒼真、どうしたんだ？　知り合いなのか？」

聴診器を首にかけ、手を消毒すると、ベッドへ近づいてくる。

「彼女は……」

眠っている桜を見て驚いた。

「昨晩、熱を出したんだ」

蒼真が説明すると、総司朗は真剣な顔つきで診察を始める。

「……肺炎にはなっていないな。ただ、脱水症状を起こしている。点滴を打てば楽になるだろう」

蒼真の診立て通りだった。

そして点滴が終わると、蒼真は桜をマンションに連れ帰った。抱き上げられても、動かされても、桜は目覚めなかった。


翌日、蒼真は凛子に電話をかけた。

『蒼真さま、おはようございます』

予定外の蒼真の電話に、戸惑った感じが見受けられた。

「今日の予定をすべてキャンセルしてくれ」

『キャンセル……ですか?』

いつもの蒼真らしくない。幸い、オペは入っておらず、キャンセルは可能だ。

「桜の風邪がひどくてね」

『病院へは？』

「昨日、総司朗に診てもらった」

『わかりました。調整します』

ベッドルームに戻ると、桜は目を覚ましていた。

「蒼真兄さま……」

「おはよう。桜、気分は？」

蒼真の冷たい手が桜の額に触れる。

点滴のおかげで、熱は微熱程度になった。しかし昨日の朝もそうだったので、用心は必要だ。

「昨日のことは覚えているか？」

蒼真の言葉に頷いた。

「ごめんなさい……病院へ連れていってくれたんだよね？」

「なぜ謝る？　放っておいた俺が悪いんだ」

自分を責めるような顔つきになった蒼真は、桜の頬を撫でる。

（蒼真兄さまは忙しいのに、迷惑をかけてしまった）

桜は困惑の表情で彼を見てから、身体を起こす。

「今日一日は、ベッドから出てはいけない」

「はい」

（これ以上、蒼真兄さまに迷惑をかけないためにも、しっかり風邪を治さないと）


本を読む気力が、夕方になると戻ってきた。

時折、蒼真が様子を見に来るが、熱を測っただけですぐに書斎に戻ってしまう。

（忙しいんだ……）

凛子もマンションへ来ていた。書斎でふたりっきりで仕事をしているかと思うと、もやもやした気持ちになる。

（凛子さんは秘書なんだから、嫉妬なんてしてはダメ。そんな権利、私にはない）


書斎でパソコンを前に仕事をしている蒼真のスマホが鳴った。凛子がキーボードを打つ手を止めて彼を見る。

着信の相手が誰なのか知り、蒼真はうんざりした顔になった。

「なんですか？　母さん」

　平静を装い電話に出る。

『いつになったら戻ってくるのかしら？　東京にも蒼真さんの患者はいるのではなくて？』

「まだ忙しいんです」

『婚約破棄の理由も私たちに説明しないまま、いなくなって……』

「そのうちゆっくり話しに行きますよ」

　会話が長くなる前に切ろうと、そっけない口調の蒼真だが、美沙子はまだ終わらせまいと続けてくる。

『昨日、明日香と電話したそうね？　イギリスからお客さまもいらしているの。いつ頃帰ってこられるの？』

「明日香には、あと一週間ほどと言ってあります。じゃあ切りますよ」

『ステキなお嬢さんだから、蒼真さんも気に入ってよ？』

　要は、明日香の連れてきた女性と会って、気が合えば将来を考えろということなのだ。蒼真が桜と結婚するつもりだと知れば、気も狂わんばかりに反対するに違いない。

　桜の気持ちが三年前のように戻るまで、面倒な問題は避けたい蒼真だった。

強引に話を終わらせて通話を切ると、椅子の背に身体を預けた。

「大丈夫ですか？」

「あぁ……桜を連れて海外に移住したい気持ちだ」

苦笑いを浮かべる蒼真だが、最悪そうなるかもしれない。


数日が経ち、体調もよくなった桜は蒼真のために朝食を作った。それをふたりで食べ終えると、玄関へ向かう。

「今日はいつもより早く帰ると思う」

ビジネスバッグを持って、玄関で靴を履いた蒼真が言った。

「はい。気をつけていってらっしゃいませ」

他人行儀な言葉に、蒼真は寂しさを覚える。

「桜、キスはしてくれないのか？」

「え……」

突然言われて、桜は困った顔になる。

「桜」

蒼真の顔が近づき、桜のピンク色の唇に触れた。啄《ついば》むような口づけをする。

「ごちそうさま」

彼は桜から離れると出かけていった。

蒼真が行ってしまい、桜は家事を済ませると、なにもすることがなくなった。

（やっぱり働こうかな……お金を貯めたい。蒼真兄さまからもらうお金ではなくて）

いずれはここを離れようと思っているので、少しでもお金を貯めなければと焦る気持ちもある。


午後、夕食の食材を買いに部屋を出た。店舗がある一階の通りを歩いていると、桜の名前が呼ばれた。

振り向くと、美容室の彼が後ろに立っていた。

「え……っと……」

（美容室に勤めているんだとわかっているのだけど、名前が出てこない）

「淳だよ」

戸惑う桜に笑いかける。

「そうでした。淳さん、こんにちは」

今度は忘れないようにと、声に出して復唱した。

「俺の可愛い子レーダーが反応して、すぐに気づいたよ。どこへ行くの？」

小さな茶色のバッグを肩から提げている桜。

「スーパーまでです」

屈託なく笑いかける彼に、桜の表情が和らぐ。

「ねえ、この間の美形のお兄さんって、本当に彼氏？」

「え……」

ずばり聞かれて、桜の頬がぽっと赤くなる。

「やっぱりそうなんだ。もしかして一緒に住んでいるの？」

あの雰囲気はそんな感じだったな、と淳は思った。桜の肯定とも否定ともつかないあいまいな微笑みに、苦笑いをする。

「おい、淳。店の前でなにを――」

ふたりが話をしていたのは、美容室の前だった。

「あ……君はこの前の」

桜をカットしたイケメン美容師のオーナー、和樹《かずき》だ。

「こんにちは」

桜は頭を下げて挨拶した。

顔を上げると、スタッフ募集の張り紙が桜の目に入る。

呟きに近い言葉だったが、彼らに聞かれていた。

「スタッフ募集……」

「興味あるの？」

和樹が桜の瞳をじっと見て聞いてくる。

「はい……内容によりますが……仕事を見つけたいと思っていたところなんです」

「掃除とか、使ったタオルの洗濯、会計などをやってほしくてね」

それくらいなら自分にもできそうだと思った。

「桜ちゃん、やってみない？」

思いついたように淳が勧める。

「淳、彼女はそんな仕事は……」

着ている服や持ち物からして、お金には不自由していないだろうと和樹は感じた。

「あの、働きたいんです……でも……」

「でも……？」

淳が身を乗りだして聞く。

「毎日は働けないし、長く出かけることもあるので……」

桜はやっぱり無理だと思った。

「いいよ。桜ちゃんにやりたい意思があるなら、来てもらいたい」

和樹が快く承諾する。

「いいんですか？」

「やったー！　桜ちゃんと一緒だなんて嬉しいよ！」

桜を気に入っている淳が飛び上がらんばかりに喜ぶ。

「明日の九時半に来られるかな？」

「はい。よろしくお願いします」

桜は嬉しくて、笑顔で頭を下げた。

（よかった……アルバイトが見つかった）

仕事をすることを反対している蒼真に内緒にしなければ、と桜の心に罪悪感も芽生える。

（知られないように、それとなくスケジュールを教えてもらわなきゃ）

買い物を済ませて部屋に戻り、そろそろ料理の支度でもしようかなと思ったとき、蒼真が帰ってきた。十六時過ぎと、いつもより早い。

ピンストライプのスーツに薄紫のネクタイを締めた彼に笑みを向けられ、胸がときめく。

「お、おかえりなさい」

「ただいま。もう料理してしまったかい？」

「これから……お腹空いてる？　急いで作るね！」

エプロンを取って、身に着けようとしたところを止められる。

「着替えてきなさい。食事に行こう」

「でも、食材が……」

「今日食べないところで腐らないだろう。明日にして、今日は出かけよう」

蒼真に強引に言われて、頷いた。


桜は以前シカゴで蒼真に買ってもらった、ペパーミントグリーンのツーピースに着替えると、白いコートを手にしてリビングへ戻る。

蒼真は、カジュアルな紺のジャケットとスラックスに着替えていた。

「用意はいいか？」

桜がシートベルトを締めるのを確認してから、車を発進させた。
母や明日香の行きそうな場所を避け、少し遠出をすることにした。助手席に座った
「はい」
ふたりは指を絡めて部屋を出ると、エレベーターに乗り、地下駐車場へ行く。

蒼真は神奈川の海の見えるホテルのエントランスに車を停めた。ドアマンが助手席のドアを開ける。

「ホテル？」

「ここの料理がうまいんだ」

ロビーから、一階にあるレストランに入ると、支配人らしき人物が近寄ってきた。

「秋月さま、いらっしゃいませ」

深々と蒼真に頭を下げて、一番いい位置であろう窓際の席へ案内される。

車を運転する蒼真は、アルコールを断って炭酸水にしている。桜も同じものを頼もうとすると、蒼真が口を開いた。

「ここはオレンジジュースがおいしいよ」

桜は笑ってコクッと頷く。蒼真はその笑顔を見られただけで、ここへ連れてきてよ

かったと思えた。

彼に注文を任せて、桜は辺りを見回した。

平日にもかかわらず、店内はほぼ満席の状態だった。主にカップルが多く、あとは家族連れ。少人数の女性だけのテーブルが近く、ひそひそ話が桜の耳に入ってきた。

「あの人、すごくステキ！」

「でも女の子連れじゃん」

「妹なんじゃない？」

自分たちのことを話す声に居心地の悪さを感じ、無意識に座り直した。

「どうした？」

「え……なんでもない」

ちょうど運ばれてきたオレンジジュースを口にする。

(やっぱり妹にしか見られないんだ。昔からそうだった。腕を組んで歩いていても、妹に間違えられてしまう。容姿は似ても似つかないのに)

「今日はなにをしていたんだ？」

その言葉に、ぎくっと身体をこわばらせる。

「いつもと同じ……午後にスーパーへ買い物に行っただけ」

アルバイトのことを後ろめたく感じ、そっけなく話す。

「そうか。中学のときの友達と連絡を取ってみたらどうだい？　確か、仲がよかった友達がいただろう？」

「ううん、いいの。もう電話番号がわからないから」

連絡を取ったとしても、アルバイトを始める自分には時間がないだろうと、小さく首を左右に振る。

「番号か……」

秋月家の桜の部屋はそのままにしてある。机の引き出しに残っていないだろうかと蒼真は考える。

「ひとりで大丈夫だから。気にしないで、蒼真兄さま」

『蒼真兄さま』と呼ばれ、気分が害された気がして、桜を見つめた。

「『蒼真』と呼ぶんだ」

「え……？」

桜はキョトンとした顔になる。

「桜、『蒼真』だ」

「無理です」

名前を呼び捨てにするのは恥ずかしく、拒否してしまう。

「ここでだけでも呼んでくれないか？」

蒼真に柔らかく微笑まれて、桜は戸惑いながらも恥ずかしそうに、「そ……うま」と小さく呟いた。

彼女の困惑した表情を見て、蒼真は罪悪感に囚われる。

そこへ料理が運ばれてきて、ふたりは食べ始めた。

「桜、大学が嫌ならば、なにか習い事をしてはどうだ？」

「習い事……」

アルバイトに行けば習い事の時間もなくなるはず。かといって、なにもせずに家にいると思われても……と桜は考えた。

「それならやってみたい」

習い事をしていると思ってもらえれば、アルバイトをしていることが隠しやすくなると考える。

「では、近くのカルチャースクールのパンフレットを凛子に揃えさせよう」

「そんなこと、自分でやります。凛子さんは忙しいんだから」

嘘をついている罪悪感から、桜は心臓をドキドキさせていた。

「だが、どこにカルチャーセンターがあるのかわからないだろう？」

「蒼真兄さま、わかりま——」

「蒼真、だ」

言葉を遮られて、「蒼真」と言い直すと、彼は満足げに微笑んだ。

その笑みを見た途端、桜は蒼真の形のいい唇に触れたくなった。


マンションへ戻るなり、蒼真のスマホが鳴った。電話に出ると、話をしながら書斎へ向かう。

消えていく後ろ姿を見て、桜は寂しくなる。

（こんなことじゃダメなのに……）


時間をかけてバスルームから出ると、蒼真はまだ書斎にいるようだ。

（そうだ。スケジュールを聞いておかないと）

ベッドルームを出て、書斎へ行った。ドアはきっちり閉まっており、まるで桜を拒絶しているように感じた。

小さくノックをすると、中から蒼真の「どうぞ」と言う声が聞こえた。おずおずとドアを開けて足を踏み入れる。

「どうした?」

「あの、蒼真兄さまのスケジュールが聞きたくて……」

「スケジュール?」

美しい形の眉の片方だけが上がる。

「うん。お買い物とか、お料理を作る時間とかを考えたくて……」

あまり詳しく話さないほうがいいかも、とそのとき感じた。饒舌《じょうぜつ》すぎておかしいと思われたくない。

「あぁ、そうだな。明日、凛子から渡すように言っておく」

ようやく桜が積極的になったと、蒼真は嬉しくなる。笑みを浮かべて言うと、彼女は頷いて部屋を出ようとした。

「桜」

名前を呼ばれて振り向く。

「こっちへおいで」

手招きされて、催眠術にかかったかのように足が動く。蒼真は桜の腕を優しく掴み、膝の上に座らせる。

「せっかく来てくれたのにすぐ行ってしまうとは、つれないな」

「お仕事中だから」

桜を愛おしげに見つめた蒼真は、指を彼女の頬に触れさせた。ゆっくり動く指に、固まった桜は蒼真を見つめる。

それから長い指がピンク色の唇に触れて、唇が重なった。

「ん……」

蒼真の指が桜の後頭部に移り、キスはだんだん深くなっていく。

「蒼真……兄さま……お仕事——」

感じやすい鎖骨に蒼真の唇が移ると、桜はやっとのことで口にした。

「しいっ……」

蒼真は顔を上げて微笑する。

そのままゆっくり抱き上げられ、桜はベッドルームへ連れていかれた。


翌日、桜は蒼真より早く起きた。今日からアルバイトをすると思うと、緊張しているせいか、早くに目が覚めてしまったのだ。

静かにベッドから出て、リビングへ行く。

ふと、シカゴのあの部屋を思い出した。

(すごく寒かったっけ……)

このマンションはエアコンの管理が充分にされており、起きて寒いということはない。あの部屋に比べたら今は天国。

コーヒーメーカーをセットし、朝食の準備に取りかかる。

目玉焼きとベーコン、野菜サラダを用意していると、蒼真がリビングに姿を現した。

「今朝は早いな」

「おはよう。蒼真兄さま」

トマトを持ったまま振り返り、桜はにこっと笑う。

「桜、おはよう」

今朝はずいぶん機嫌がいいなと考えながら、蒼真はダイニングの席に着いた。そこで桜の姿を目で追う。

「今、コーヒー淹れるね」

桜は蒼真用のカップにコーヒーを注いで持ってくる。

彼女の手からカップを受け取り、それをテーブルの上に置くと華奢な腕を引き寄せ、唇を重ねた。

突然のキスに桜は頬を赤らめると、キッチンへ戻っていった。

食事が終わる頃、凛子がやってきた。

「おはようございます」

いつ見ても、デキる女の装いの凛子。桜は、自分には秘書は到底無理だと思ってしまう。

「おはようございます。凛子さん」

桜は挨拶を返したが、対照的に蒼真は頭を軽く頷いただけだった。

「凛子、桜にスケジュールを渡してくれないか？」

「はい。あ、それとロスの件ですが、やはり年明けでないと向こうの態勢が整わないそうです」

「そうか……」

年明けか、と蒼真はため息を漏らす。あと半月、母と明日香にバレないでいられるのか、悩みの種だ。

「スケジュールを調整してくれ。クリスマスからはオペを入れないように。大きな案件もだ。もちろんプライベートの予定も」

「本気で言っていますか？　オペは入れておりませんが、毎年恒例の……」

凛子が驚いている。クリスマスはいつも秋月家でクリスマスパーティーがあり、よほどのことがない限り、出席することになっている。

「あぁ。母にはオペが入っているとでも言えばいい」

仕方なく頷いた凛子は、レポート用紙に当面のスケジュールを書きだし、桜に渡す。

「ありがとうございます」

その笑顔を見て、桜の明るさが少し戻ったかも、と凛子は思った。


ふたりが行ってしまうと、桜は急いで掃除と洗濯をした。

マンションの玄関を出たのは、アルバイトとして約束した時間の十分前だった。エレベーターに乗り、一階へ下りる。

「おはようございます」

美容室のドアを開けて挨拶をすると、淳がにこにこして近づいてきた。

「桜ちゃん、おはよ～。今日も可愛いね」

桜は白のブラウスと黒いスカートを着ていた。靴は動きやすいローヒール。メイドのような印象も受ける。

「桜ちゃん、おはよう。改めまして、オーナーの倉田《くらた》和樹です。今日からよろしく」

奥の部屋から和樹が、桜に近づいてきた。手に黒いエプロンを持っている。

「おはようございます。よろしくお願いします」

「桜ちゃん、服汚れちゃうからこれを着けて」

黒いエプロンを渡された。

「その服、高いでしょ？」

「え……」

もちろん蒼真が買うものだから高いと思うが、なにも気にせず着ていた桜は恥ずかしくなった。

「ありがとうございます」

エプロンを受け取って身に着けると、淳が口笛を吹いた。

「ますますメイドちゃんみたいだ」

和樹が渡した黒のエプロンは、裾と胸当ての部分にレースがついているものだった。

「メイドちゃん……？」

外国暮らしだった桜には、なんのことかわからない。

「ヘッドドレスをつけたら、もっとメイドみたくなるな」

和樹が顎に手をやって頷く。

ふたりの会話に桜は入っていけず、キョトンとしていると、奥から女性が現れた。

その女性は和樹と結婚を約束している人だと淳が教える。

「洋子《ようこ》です。私もここでヘアスタイリストをしているの。桜ちゃんね？　よろしく」

桜は淳に仕事を教えてもらいながら、店内を掃除したり、使ったタオルを洗濯機で洗ったりと動き回った。


数日経つ頃には、会計も心配なくできるようになり、桜は楽しく仕事をしていた。

月・水・木・金の週四回、九時半から十六時まで働いている。

蒼真は帰るときには必ずメールを入れてくれており、桜は安心していた。

店はクリスマスムード一色。飾りつけは率先して淳と洋子がやった。ふたりともクリスマスが大好きなようだ。

あと一週間でクリスマス。蒼真になにをプレゼントしようかと考える。

（なんでも持っている蒼真兄さまに、贈りたいものが浮かばない）

昼食を奥の部屋でとっているとき、男性はどんなプレゼントを喜ぶのか洋子に聞いてみた。

「桜ちゃんの彼氏さんに？」

「はい」

洋子は淳から、桜には年の離れた恋人がいると聞いていた。しかも素晴らしく美形らしい、とも。

「桜ちゃんからもらえるものなら、なんでも嬉しいと思うけどな？」

「そうでしょうか……」

「お仕事はなにをしている人なの？」

洋子に聞かれて、正直に話そうか迷う。

「病院関係です」

「じゃあ、万年筆なんかどう？」

病院関係と聞いて、洋子は病院の事務職かと勘違いをした。

「そうですね。それ、いいかも……」

少し考えて、そのプレゼントが最良のような気がしてきた。

今のところ、蒼真にアルバイトはバレていない。後ろめたさを感じつつも、今の生活が充実していて、桜は幸せだった。

明日は火曜日で、美容室の定休日。

（蒼真兄さまへのプレゼント、明日買いに行こう）

そう考えると、ウキウキした気分になった。

しかし明日が定休日のせいで予約がたくさん入っており、十六時には帰れなかった。

今日の蒼真の帰宅は二十時。十八時までアルバイトをしてから夕食を作ってもなんとか間に合う。

「お疲れさまでした」

桜は三人に挨拶すると、急いで美容室を出た。

（そうだ！　パンを買わないと）

そう思ったとき、蒼真の声がした。

「桜？」

それに桜はビクッと肩を震わせ、振り向いた。

「桜、どうした？　こんな遅くに買い物か？」

スーツ姿の蒼真は、疲れた様子も見せず、近づいてくる。

「蒼真兄さま。そ、そうなの。パンを買いに来たの」

『嘘をついてごめんなさい』と心の中で呟く。

「そうか。では買って帰ろう」

「はい」

数軒先の、今ではお得意さまになりつつあるベーカリーに入る。

蒼真は店の外で待っており、桜は急いで目当てのクロワッサンを買って出た。

エレベーターに乗ると、蒼真のスマホが鳴った。彼はポケットから取りだし、明日香の名前を見て、電源を切った。

「出ないの……?」

桜は不思議そうに首を傾げる。

「あぁ」

そう言った蒼真はどことなく不機嫌そうに見えて、口をつぐんだ。

(今の電話、誰からだったんだろう……)

困惑しながら蒼真を見つめていると、エレベーターが音をたてて停まった。

蒼真は玄関に入るとそのまま、まっすぐ書斎へ行き、スマホを取りだす。明日香は電話にすぐ出た。

「なんの用だ?」

『お兄さま、妹に対してその言葉は冷たいんじゃない?』

「忙しいんだ。用件は？」

彼女の言葉を無視して聞く。

『一週間経ったわ。まだ帰ってこないの？』

親友のメリッサに兄のことを話している明日香は、早くふたりを会わせたかった。

メリッサはイギリスの大手保険会社の令嬢で、明日香と同じ大学の学部生。

最初は乗り気でなかったメリッサだが、蒼真の写真を見ると気に入ったようで、早く会いたいと明日香を急かしている。

「無理だな、立て込んでいるんだ」

『もうすぐクリスマスパーティーよ？　もちろん出るわよね？』

「いや、どうだろうか。今年は出られないかもしれない」

もう出ないと決めているが、断言するとしつこく聞かれて面倒なので、あいまいにする。

『忙しくても家族の大事な行事よ』

「切るぞ」

『あっ！　待って！』

明日香の言葉の途中でスマホを切り、電源も落とした。

私服に着替え、リビングに行くと、桜は夕食を作り始めていた。

「今日はなにをしていたんだい？　凛子から受け取ったパンフレットの中で、やりたい習い事は見つかったか？」

食事をしながら蒼真は聞いた。シカゴにいた頃より、桜の食べる量が増えたのはよかったと思っていた。

「……今日はテレビを観たり、本を読んだり……。パンフレットも見たけれど、まだこれといって……」

（まさかバレてないよね……？）

美容室から出たところを見られてしまったか、と考える桜の箸が止まる。

「退屈はしていないか？」

「うん。大丈夫」

目が合えば嘘が見破られてしまうと、再び箸を持ち直し、煮物に手を伸ばした。

「年明けにロスに行くことになった。桜も一緒だよ」

「私も……？」

「もちろん。二週間もここに残してはいけない」

二週間と聞いて、アルバイトが頭をよぎる。楽しく仕事をさせてもらっているので、働けなくなることが悲しい。帰ってきてからも雇ってくれるのだろうか。

（とにかく、和樹さんに話をしてみよう）

「きっとロスは楽しいよ。観光でもすればいい」

「うん」

アルバイトも楽しいが、やっぱり蒼真とロスに行きたいと思い直した。


先に風呂に入った蒼真は、紺色のパジャマを着て書斎へ行った。桜は彼の後ろ姿を見てからバスルームに向かう。

そして早めに風呂から上がり、ベッドルームに戻ると蒼真がいた。まだ書斎にいるものと思っていた桜は驚く。彼はベッドで分厚い医学書を読んでいたが、桜が姿を見せると、本をサイドテーブルに置いた。

「桜、おいで」

呼ばれた桜は近づき、蒼真の隣に横になる。彼がやんわりと唇を重ねる。

「ん……っ……」

唇から耳朶に移動し、甘噛みし、口に含み、ちゅっと音をたてて吸い上げる。

「あっ……」

「耳、感じる?」

「ん……あっ……嫌……んっ……」

執拗《しつよう》に耳の近くを舌で探求されて、桜は蒼真の身体にしがみついていた。


翌日は火曜日で、美容室が休みの日。桜は銀座《ぎんざ》まで買い物に来ていた。デパートの文具売り場に向かう。

(万年筆に、蒼真兄さまのイニシャルを入れてもらおう)

ガラスのケースに入った、たくさんの万年筆を見比べる。

(迷っちゃう……)

「あ、この色……」

一本のブルーグレーの万年筆。自分の瞳と同じ色。

「これをください」

店員にブルーグレーの万年筆を指差していた。

蒼真のイニシャルをその場で入れてもらい、綺麗にラッピングしてもらうと、バッグの中に丁寧にしまう。

あと数日でクリスマス。街中はクリスマスソングが溢れていた。人々もウキウキした感じでショーウィンドウなどを見ている。

「あ……」

ふと思い出した。

（クリスマスには、秋月家でたくさんのお客さまを呼んでクリスマスパーティーをやるんだ）

毎年恒例で、桜は最後の年に一度だけ出席したことがあった。その前は特に理由もなく『お前は出るな』と言われ、部屋でにぎやかな笑い声や音楽を聴いていた。

一度だけ出られたのは、蒼真と望が味方になってくれたからだ。ドレスは蒼真がプレゼントしてくれた。桜によく似合う、淡い桜色のふんわりした膝丈のドレスを。

パーティーでは蒼真と望が桜を常に気にかけていたせいで、嫉妬した明日香が邪魔をしに来た。

『お客さまに挨拶を』とか、『母が呼んでいる』などと理由をつけてふたりから引き離す。それが何度も数えきれないくらい繰り返された。しまいには蒼真が怒り、桜を伴って部屋に戻ったのだ。

翌日の朝、蒼真が仕事に出たあと、桜は美沙子に『お前のせいで蒼真さんが怒った』

と叱られた。蒼真が早々に抜けだしたのが気に入らなかったらしい。

そんな思い出しかないから、秋月家のクリスマスパーティーはいいイメージがない。

「今年も蒼真兄さまは、クリスマスパーティーへ行くんだろうな」

(クリスマスパーティーに行ってもかまわない。自分はそれを縛る権利はないし、いずれは蒼真兄さまの元を離れる身なのだから……)

蒼真へのプレゼントだけを買って、マンションへ戻った。


秋月家のクリスマスパーティーを思い出してから、桜の気分が晴れない。望の記憶がよみがえったせいもある。

そこへテーブルに置いていたスマホが鳴った。着信の相手を見てみると凛子だった。

「もしもし?」

『桜さま。蒼真さまですが、緊急オペが入り、今日は遅くなります。お夕食はいりませんので』

「はい、わかりました」

(緊急オペか……蒼真兄さま、大変……)

蒼真がいない夕食は、ごく簡単になる。食べ物にさほど興味がない桜は、チーズトーストと紅茶で済ませ、蒼真の帰宅を待つ。

蒼真は二十四時になっても戻らなかった。


翌朝、目を覚ますと隣に蒼真はいなかったが、よく見ると眠った形跡があった。

(蒼真兄さまが戻ったのも気づかないくらいに、ぐっすり眠っていたなんて……)

シカゴにいた頃は、少しの物音にも目を覚ましていた桜だった。それほどここは安心できるところなのだろう。

ベッドルームを出ると、ちょうど蒼真が書斎から出てきた。

「おはよう。桜」

彼はすでにスーツを着ていた。ネクタイの結び目に手をやり、確認している。

「おはよう……もう行くの?」

まだ七時前だ。桜は睡眠をあまり取っていない彼が心配になる。

「ぐっすり眠っていたな。キスをしても起きなかった」

「え……」

蒼真は桜を引き寄せると、唇に啄むようなキスをする。

「今日も遅くなるんだ。大丈夫か?」

「大丈夫よ。気にしないで、お仕事頑張ってね」

蒼真の腕が桜から離れたとき、インターホンが鳴った。

「行ってくるよ」

彼はもう一度、桜の唇にキスをして出ていった。

第六章　思い出さないほうがいい

クリスマスイブまで、蒼真の忙しさは続いた。

美容室もこの時期、客が増えて慌ただしかった。オーナーの和樹は以前、青山《あおやま》にある有名美容室で働いており、そこのカリスマ美容師だった。淳からの情報だ。今でも青山の店にいた頃の和樹の顧客がついているのだという。

クリスマスイブの日、蒼真が仕事に出かけると、桜も美容室へ急いだ。その日も予約でいっぱいだった。忙しくて、昼食もなかなかとれない。

そして夕方、思いがけない女性が店に現れた。

「いらっしゃいませ」

受付にいた淳が出迎える。

「和樹さんはいるかしら？　予約はしていないんだけど」

つんとすました表情の女性に、淳は『お高くとまった女だな』と心の中で思う。

「お待ちください」

休憩を取っていた和樹を呼びに行った。同じく休憩中だった桜も、和樹と一緒に店に出る。

受付のカウンター近くにいた女性が和樹のほうを見た。彼ににっこり笑いかけ、後ろにいる桜に視線を動かす。次の瞬間、女性は桜を見て絶句した。

「明日香さん……」

その女性――明日香の顔を見た瞬間、桜の笑顔が消えた。

「なんであんたがここにいるのよ！　日本に帰っていたなんて！」

明日香はつかつかと桜に歩み寄ると、いきなり手を上げて平手打ちを頬に浴びせた。

バシッという音が店の中に響く。

「明日香さん！　なにをしているんだ！」

明日香の突然の行動に驚いた和樹が、ふたりの間に立つ。

「和樹さんには関係ないわ。この女は人殺しなのに、のうのうと生きているのよ！」

呆然としている桜に、罵詈雑言《ばりぞうごん》を浴びせる明日香。

「明日香さん、ここは店です。落ち着いてください」

和樹は我に返ると、興奮状態の明日香をたしなめる。

「桜！　聞いているのになんで答えないのよ！」

明日香に罵倒された桜は、幸せだった世界が一瞬にして崩れ落ちた気がした。店内にいる女性客が、興味本位に見ている。

「あ、あの、失礼します」

自分がいれば店に迷惑がかかると、桜はそのまま店を出ようとした。

「ちょっと！」

明日香はまだ文句を言いたくて声をかけたが、桜は立ち止まらなかった。

そのあと、和樹は明日香にしつこく桜の住所を聞かれる。

「それは個人情報ですからね。教えられませんよ」

和樹が言うと、明日香がこれ見よがしに大きなため息をつく。

「私たちはいとこ同士よ。個人情報なんて関係ないわ」

「それでもあなたは、彼女にひどい言葉を言っていた。いとことして仲がいいとは到底思えません」

人殺し呼ばわりされた桜を和樹は心配した。優しい彼女がそんなことをするわけがないだろう、と思っている。

「いいわ！　自分で探すから！」

明日香は悔しそうに下唇を噛むと、店を出ていった。

「桜ちゃん、大丈夫かな」

淳も眉根を寄せて心配そうだ。

「淳、マンションに行ってみてくれないか？」

「わかりました」

桜の住んでいる部屋を和樹に聞いて驚いた。このマンションの中で一番家賃が高い、最上階の角部屋。

そんな彼女がなぜアルバイトをしているんだ？と、淳には理解できなかった。

淳は桜の部屋のインターホンを鳴らし続けたが、うんともすんとも言わない。

しぶしぶ美容室に戻った。その表情は暗い。

「何度もインターホンを鳴らしたけど……」

「たぶん桜ちゃん、部屋にいないわ。更衣室にバッグが残されていたの。鍵はバッグの中にあるはず」

洋子が桜のバッグを手にしていた。

「どこへ行ったんだろう……」

「コートも着ないで……心配だわ」

淳の言葉に頷きながら、洋子も桜を案じていた。

「桜ちゃん、いつも寂しそうに笑うのよね……」

明日香に言われた言葉が、桜の心に常に重くのしかかっていたのだろうと和樹は思った。

「洋子、桜ちゃんの彼は、病院関係って言っていたね?」

和樹がなにかを考えるように聞く。

「そう言っていたわ。それがどうかしたの?」

洋子が小首を傾げた。

「秋月明日香の兄は、有名な脳神経外科医なんだ。もし桜ちゃんが一緒に住んでいるのが彼女の兄ならば、このマンションの最上階に住めるのも頷ける」

「そんなにすごい人なの?　彼女のお兄さんは」

「ああ。海外からも手術の依頼が来るほどだって聞いている」

明日香が自分の兄を自慢げに言っていたのを思い出した。

「桜ちゃん、いったいどこへ行ったんだ……」

淳がぽつりと呟いた。


桜は美容室を出てから、あてもなく歩いていた。

（私は人殺し……望くん……ごめんなさい……）

みんなに知られてしまった。

薄着で寒いはずなのに、それを感じなかった。外に何時間もいすぎて麻痺《まひ》している感覚。さっきまでは寒くてぶるぶる震えていたのだが。

行くところもなく、公園のベンチに座る。外は暗くなっていた。

（なんてバカなんだろう。お店にバッグも鍵も置いてきちゃった。みんなに合わせる顔がない……。誰にも会いたくない。このまま死んでしまいたいとまで思ってしまう。

蒼真兄さま、ごめんなさい……）

桜の目から涙が溢れ出る。

（ここで眠ったら、朝には死ねるかな）

身体はやはりなにも感じない。眠りはすぐそこまで来ていた。

（もうなにも考えないで済む……）

桜のスマホが通じなくて、蒼真は心配になった。

「どうかされたのですか？　蒼真さま」

スマホをテーブルに置いた蒼真に、凜子が聞く。

着かない。

時刻は二十時前。風呂に入っていてもおかしくはない時間だが、なぜか蒼真は落ち着かない。

「今日はクリスマスイブですわ。早くお帰りになったほうがいいです。桜さまが待っていますよ」

「ん？　ああ……」

そのときテーブルに置いたスマホが鳴った。着信の相手を見ると桜だ。

「もしもし、桜」

『あの、すみません。桜さんではありません』

聞き覚えのない女性の声だった。

「君は？　なぜ桜の携帯を？」

『桜さん、店にバッグを置いたまま、いなくなってしまって』

「なにを言っているのかわからない。順を追って話してください」

電話をかけたのは洋子で、マンションの一階にある美容室で桜が働いていたことをまず話した。

それから今日、明日香という女性に桜が罵詈雑言を浴びせられてから店を飛びだしてしまったことも伝える。

「わかりました。すぐにそちらへ行きます」

電話を切ると、よくないことが起きたと察した凛子が驚いた顔で蒼真を見ていた。

「桜さまに、なにかあったのですか⁉」

「いなくなったと」

蒼真はコートを手にすると、凛子とマンションへ向かうことにした。


運転をしながら凛子に事情を説明する。

「……では、何時間も外に？」

「ああ。バッグが美容室に置きっぱなしらしい。そこのスタッフたちが周囲を探してくれたそうだが、見つからない」

洋子の電話によると、桜は薄着のままで飛びだしている。蒼真は心配で仕方ない。

アクセルを踏み、スピードを上げた。

桜が美容室で働いているとは思ってもみなかった。助手席に座っている凛子は、警察に電話をかけて桜の捜索願を出す。事件に巻き込まれているかもしれない。

十五分後にマンションに着き、エントランスに車を置いたまま、ふたりは美容室に急いだ。店の前には、心配そうに桜のバッグとスマホを持った洋子が立っていた。

挨拶もそこそこに、彼女から桜のバッグを受け取った蒼真は、自分の部屋に行こうとした。そこへ、店の中から血相を変えた淳が出てくる。

「今、警察から電話が！　桜ちゃん、病院に運ばれたって！」

桜の身に着けていたエプロンの下部に美容室の名前がプリントされており、それを見た警察から連絡が来たようだ。

蒼真が籍を置いている大学病院へ桜が運ばれたことを聞き、ふたりは引き返した。

救急の出入口から中へ入る。蒼真と秘書が血相を変えて現れたので、看護師たちが驚いている。

「秋月先生……」

顔見知りの看護師が蒼真の元へ近づく。

「女性が運ばれてきただろう？」

「はい。奥の部屋で処置しています」

ふたりが部屋に入ると、総司朗がいた。看護師に指示を出しており、蒼真に気づかない。診察台に、紙のように白い顔をした桜が酸素マスクをつけて寝ていた。その顔を見た蒼真の心臓が跳ねる。彼はベッドに近づいた。

「蒼真」

総司朗は隣に立った彼を見る。

「桜は……？」

「中等度の低体温だ。昏睡《こんすい》状態。今、少しずつ体温を上げている」

早口で説明し、桜の治療に専念した。


夜が明ける頃、桜の体温が安定した。

「……もう大丈夫だ」

総司朗の肩から力が抜ける。

「ああ」

蒼真も安堵の表情を浮かべた。その場にいた看護師たちは、緊迫した空気から解放された。

病室に移された桜は、起きることなく懇々と眠っていた。

翌日、和樹が病室を訪れたが、面会謝絶のプレートを見て呆然とした。そのときちょうど凛子が病室から出てきた。

「あなたは……?」

「私は桜さんがアルバイトをしていた美容室のオーナーの、倉田といいます」

和樹は邪魔にならないような大きさの、アレンジメントされた花かごを持っていた。それを受け取った凛子は丁寧に頭を下げる。

「ありがとうございます」

「桜さんの容態はひどいんですか?」

面会謝絶だとは思ってもみなかった和樹だ。

「……秋月医師のところへご案内いたします」

凛子は和樹を、病院の五階にある蒼真の執務室へ案内した。

簡単な挨拶を交わした蒼真は、昨晩の説明をした。中等度の低体温と聞いて、和樹は驚いた。

「もう大丈夫なんですね?」

「命に別状はありませんが、後遺症が残ってしまう恐れはあります」

桜をこんなふうになるまで追いつめた明日香に、怒りをぶつけたい蒼真だ。

「昨日なにがあったのか、教えてくれませんか。明日香に会ったと聞きましたが？」

和樹は昨日の美容室でのことを説明した。

「もうわかっていると思いますが、明日香は私の妹です」

「はい。名字が一緒ですし、明日香さんが以前、兄が医師だと話されていたので……彼女は前の店の顧客でした」

「明日香が桜を、なんと言って傷つけたのか教えてください」

「……人殺し、と」

和樹はあのときの桜の蒼白な顔が忘れられない。

『人殺し』と聞いて、蒼真が重いため息をついた。

「……桜は人殺しではありません。もうひとつ教えていただきたい。なぜ桜が働いていたのか」

「それはこちらがお聞きしたい。お金に不自由していないであろう彼女がなぜ働きたがったのか。店の張り紙を見て興味を示したので、どうだろうと声をかけたら、やりたいと言ったんです」

（そういえば働きたいと言っていた……いつかはバレると、わかっていただろうに）

「とにかく桜は人殺しではありません。明日香が誤解しているんです」

「もちろん。私もそんなことは思ってもいません」

和樹は蒼真に力強く言ってから、腕時計を見る。

「もう帰らなくては……桜ちゃんに、お大事にとお伝えください」

「ありがとうございます。伝えておきます。では」

蒼真に一礼して和樹は部屋を出た。


和樹が立ち去ると、蒼真は桜の元へ行った。そばで凛子が桜を見守っていた。

蒼真はベッドに近づくと、桜の華奢な腕を取り、脈拍を測る。

「熱が上がってきました」

凛子が先ほど測った体温を言う。

桜は元々体が弱く、寒空の下、薄着で外にいれば命を落としかねなかった。

ふと、桜は死にたかったのでは、という考えがよぎった。

「そんなバカな」

小さく呟くと、凛子が心配そうに見る。

桜が目を覚ましたのは、それからしばらく経ってからだった。目を開けて、ぼんやりした瞳で蒼真を見た。

「桜、気分は？」

「さく……ら……？」

（私の名前？）

目の前の人は桜には医者のように思えるのに、親しげにその名前で呼ばれる。

「桜？」

「桜さま？」

蒼真と凛子が名前を呼んでも反応をしない。

「私の名前は……桜？」

「自分の名前がわからないのか⁉」

あまりのつらさに記憶を奥底に閉じ込めてしまったのかと、蒼真は愕然とした。

ストレス性のショックを受けると、逆行性健忘症《ぎゃっこうせいけんぼうしょう》になることもある。

（なにも思い浮かばない。名前どころか、なにもかもわからない）

そう思うと桜は恐怖に襲われ、ガバッと布団をはいで起き上がったが、眩暈を覚え、目を閉じる。

「起き上がってはいけない」

蒼真は点滴の針を刺した彼女の腕に気をつけながら、ベッドに横たえる。

「私は……誰？」

桜のブルーグレーの瞳が不安げに揺れる。

「君の名前は、桜・クライン」

「桜……クライン……」

その名前を口にしても、なんの親近感も湧いてこなかった。

「君は俺の婚約者だ」

自分のことがわからない事態に陥り、心細いだろうと、蒼真は優しい眼差しで見つめる。

「婚約者？」

（目の前にいる美形の男性が、私の婚約者？　信じられない……）

顔をしかめる桜を、心配そうに見る。

「俺は、秋月蒼真」

名前を名乗ると、考え込んでいた桜は瞳を蒼真に向けた。

「蒼真……」

（名前を呼んでも、なにも思い出さない）

ドアがノックされたあと、総司朗が入ってきた。

「どうだ?」

彼は蒼真に桜の様子を聞く。

新たに入ってきた白衣の男性を、ぼんやりと桜は見る。

「外に出よう」

蒼真が総司朗を促して出ていくと、部屋には凛子と桜だけになった。

「あなたは……?」

部屋にいる凛子を不思議そうに見つめている桜。

「私は、蒼真さまの秘書の凛子です」

あまりいろいろ言っては混乱させるだけだと、凛子は名前しか名乗らなかった。

頷いた桜は疲れたのか、目を閉じてしまっていた。

一方、廊下に出た蒼真は、総司朗に桜の記憶がないことを話す。

「熱が心配だな。記憶は、時間が経てば戻るかもしれない」

桜の記憶については、思い出さないほうが彼女は幸せなのかもしれない、と蒼真は総司朗と話しながら思った。それだけ、三年前の事故のことが桜の心を蝕《むしば》んでいたんだろう、と。

蒼真は真剣に、桜が傷つかなくても済むように海外に住もうかと考え始めていた。

大事な桜に、もう傷ついてほしくない。安らかに暮らしてほしいと願う。

眠っている桜を凛子に任せ、執務室に戻った。

そこでスマホをチェックする。案の定、明日香と美沙子から何件も着信があった。

蒼真は今はなにも話したくないと感じた。怒りで取り返しのつかないことを言ってしまいそうだったからだ。

そっとスマホの電源を落とした。


シャワーを浴び、着替えを済ませてから病室に戻った蒼真は、凛子に家に帰るように言った。

今日は秋月家のクリスマスパーティーの日。凛子はそのパーティーには、毎年参加してはいないが。

「いいえ。桜さまに付き添います」

蒼真の言葉に、彼女は頷かなかった。

「桜は俺が見るから大丈夫だ。凛子は帰るといい」

「……わかりました」

蒼真が桜とふたりきりになりたいのだとわかった凛子は、頷いてコートを手にすると、病室をあとにした。

蒼真は点滴をチェックし、桜の脈と熱を確かめた。

桜……なぜずっと外にいた？　死にたかったのか？と、心の中で問いかける。

警察の話では、公園のベンチに横たわっていたという。

望の死でいまだに苦しんでいる桜がかわいそうでならず、このまま忘れていられればいいと思った。

「これからは幸せになるんだ。お前の幸せを守るためなら、なんでもしよう」

桜の手に、唇を優しく当てた。


蒼真はクリスマス以降、仕事を入れておらず、ずっと桜に付き添うことができた。

ただ、屋敷と連絡を絶っている蒼真のせいで、凛子が窮地に立たされている状況だ。

ことあるごとに美沙子は凛子を呼びつけ、蒼真に連絡をさせるよう言う。

桜と一緒に住んでいることは知られていないが、彼女が日本へ戻っており、美容室で働いていたことは知られてしまった。おかしいとはうすうす気づいているだろう。

蒼真は長い間、屋敷へ帰ってきていないのだから。

クリスマスの翌日、部屋にいた凛子は、電話で美沙子に呼びだされた。

応接室の前に立った凛子の耳に、ピアノの音色が聴こえてきた。

ノックをしてから中へ入ると、ブロンドの若い女性がグランドピアノを弾いていた。

「失礼します」

凛子が声をかけると、ピアノの音が止まる。

ブロンドの彼女が、『蒼真に紹介したい』と明日香が連れてきた女性、メリッサなのだとわかった。

こちらを見ているメリッサに会釈する。

「明日香さん、メリッサさんと一緒に少し席を外していなさい」

「はい。お母さま」

明日香はソファから立ち上がると、メリッサと共に応接室を出ていった。

ドアがぴったり閉まると、美沙子は口を開く。

「凛子、蒼真さんはなぜ帰ってこないのかしら？　クリスマスパーティーは毎年恒例よ。出席もせずにどういうことなの？」

美沙子は苛ついており、凛子はわからないように小さくため息をついた。

「私に言えることはございません」

そう答えると、美沙子はバカにしたような笑みを浮かべた。

「凜子！　私は何度も連絡をするように言っているのよ！　秘書であるあなたの責任でもあるの！　蒼真さんに必ず電話をするように伝えなさい‼」

「……わかりました」

「まったく！　どうなっているのよ。凜子、わかったなら行っていいわ」

美沙子にこれ見よがしに大きなため息をつかれた凜子は、一礼して応接室を出た。

ひとりになった美沙子は、苛立ちを抑えようとタバコに火を点けつつ、桜がシカゴに行った日のことを思い出す。

桜が屋敷を出ていったあと、彼女の部屋に立ち入った美沙子は蒼真宛ての手紙を見つけ、そのまま開けることもせず、ビリビリに破ってゴミ箱に捨てたのだった。

「私の息子たちをダメにする悪い娘……！　のうのうと日本へ戻っているなんて許せないわ！」

まだ長さのあるタバコを、乱暴に揉《も》み消した。


桜は五日間も熱が高く、起き上がることができなかった。

自分が誰だかわからず、ベッドから出られなくて戸惑っていた。目が覚めるといつもいるのは、婚約者だと言った男性。心細げに見上げると、彼はいつでも優しく微笑んでくれるのだ。

『なにも心配はいらないよ』と。

自分がなぜ病院にいるのかもわからない。考えると頭痛がひどくなる。

秘書だという女性も、自分のことを『桜さま』と呼び、心配そうな顔をする。

(私は誰?)

六日目の朝、ようやく熱は微熱になり、みんなを安堵させた。

ずっと寝ていたせいでぼんやりとした表情だが、与えられたおもゆを口にした。あまりおいしくなく、顔をしかめる桜。

「おいしくないか?」

仕草は以前の桜と変わらない。それどころか十八歳のときのようだと、蒼真は思ってしまう。

「味があまりしなくて……でも、ちゃんと食べて体力をつけなきゃ」

蒼真にだいぶ慣れてきて、屈託なくにこっと笑う桜は、まぎれもなく望が死ぬ前の彼女だった。天真爛漫《てんしんらんまん》で愛らしい桜。

蒼真の呼び方も変わった。あれほど言えなかった『蒼真』という呼び名をすんなり口にする。

「今日は大晦日《おおみそか》って、看護師さんが言っていたね」

失った記憶は、自分に関することだった。世間の一般常識などは覚えている。

「ああ。今年ももう終わりだな」

ベッドの横の椅子に腰かけていた蒼真は、綺麗に中身がなくなったお椀の乗ったトレイを、ソファのテーブルに下げる。

桜の枕元には女性週刊誌がある。なにか情報がわかるものが欲しいと言われ、病院の購買で買ってきたのだ。

けれどまだ身体がだるいらしく、週刊誌はほとんど読まれていなかった。

蒼真は桜のベッドに腰かける。

「蒼真、私はどこに住んでいるの？」

いくら考えても思い出せず聞いてみると、両手を大きな手で包み込まれた。

「俺と一緒にマンションに住んでいる」

「まだ結婚もしていないのに？」

驚いて、桜の目が大きく見開く。

（この人と一緒に暮らしていたなんて、想像がつかない）

「私の両親は？」

自分の情報を吸収しようと、どんどん質問を投げかける。

「君が十四歳の頃に、交通事故で亡くなったんだ」

「亡くなった……」

両親の顔が思い出せずに、桜の表情が沈んだ。

「この間もひとりで墓参りに行ってしまって、心配したんだよ」

「そう……」

考え始めると頭が痛んできて、指をこめかみに持っていく。桜の肩に蒼真は触れた。

「桜、頭が痛むんだろう？　休んでいなさい」

蒼真に言われた通りに横になる。

「今はなにも考えないほうがいい」

蒼真は優しく言って、顎まで布団をかけると、椅子に腰かけた。

相変わらず一日に何度も、蒼真のスマホに明日香と美沙子から電話がかかってくる。

逃げてばかりいられないことはわかっている。

年明けのロスの出張に桜を連れていけるか……それまでに回復していればいいが、
今のままでは無理だと、すぐに小さな寝息をたて始めた桜を見つめながら考えていた。

翌日。ノックの音のあと、大きな荷物を持った凛子が病室に入ってきた。

「母から預かってきました」

テーブルの上に風呂敷包みを置く。中身はおせち料理の入った重箱だ。

今日は元日。桜の入院を知った芳乃は、桜と蒼真のためにおせち料理を作り、凛子に持たせたのだ。

「ありがとう。芳乃さんにお礼を言っておいてくれ」

凛子がベッドを見ると、桜は眠っていた。

「蒼真さま、お疲れではありませんか？」

蒼真の仕事は休暇に入っていたが、看病で疲れているようだった。いつもより顔色がすぐれない。

「疲れていないと言ったら、嘘になるな……」

「私が見ていますので、蒼真さまは一度マンションへ帰ってください」

すっかり蒼真を頼っている桜は、姿が見えないと不安になるようだ。

「そうだな。一度帰ることにするよ。桜が目を覚ましたら、すぐに戻ると言っておいてくれないか」

「かしこまりました」

蒼真は眠る桜を見てから、コートを着ると病室を出た。

二時間後。静かにドアが開いて、再び病室に蒼真が入ってくる。

起き上がって凛子と話をしていた桜は、ドアが開く音に視線を動かした。

「おかえりなさい」

蒼真と目が合い、にっこり笑う。

「ただいま。桜、顔色がよくなったな」

「うん。もう大丈夫そう。おせちが食べたくて、首を長くして待っていたの」

桜は、蒼真が近づいてくるのが待ちきれない様子だ。

「おかえりなさいませ」

椅子から立ち上がった凛子には、そんな桜の姿が微笑ましい。

三人がけのソファのテーブルに、芳乃が作ったおせちの重箱を広げ、桜は食べ始めた。あまり味のしない病院食ばかりだったので、喜んで箸を進めている。

そのあと、おせち料理を食べ終えた桜は眠りに就いた。おせち料理を喜んでいたのは、数年間シカゴにいて久しく味わえなかったせいもあるだろう。

「蒼真さま、三日からのロスの出張はどうなさいますか？」

病気が進行を待ってくれるわけもなく、無論、蒼真は行かなくてはならないのだが。

（最低二週間はかかる出張。桜に自分がついていなくて大丈夫なのだろうか）

「桜はまだ連れていけないな」

（連れていったとしたら、患者と同じ病院で様子を見るしかないだろう。しかし飛行機移動は身体に負担がかかる。まだひどい頭痛に悩まされている桜に無理はさせられない。そうかといって置いていくのも心配だ）

「……凛子は桜のそばにいてほしい。ロスにはひとりで行く」

「わかりました。それがいいですね」

蒼真が一番信頼しているのは凛子だ。


二日後、蒼真は単身ロスへ飛んだ。

桜の退院は一週間後。蒼真の出張は二週間の予定で、彼が不在の間の退院となる。

蒼真のいない一週間は凛子がマンションへ滞在し、彼がロスから帰ってくるまで桜の面倒を見ることになった。

桜は凜子にも慣れ、姉のように慕っている。過去の記憶がない桜は、なにかに苦しんでいるような以前の影はなく、いつも楽しく笑うようになっていた。


蒼真がロスへ飛んでから一週間後、総司朗は退院許可を出した。

「桜ちゃん、頭がひどく痛んだり、身体の調子が悪いときにはすぐに来なさい」

病室を訪れた総司朗が、まだ顔色の悪い桜に言う。

蒼真からは、完全に大丈夫と確信できるまで入院させてほしいと言われていたが、総司朗が見る限りではもう心配はなかった。

「はい。総司朗先生、ありがとうございました」

素直ににっこり微笑む桜を見て、蒼真が愛おしむ気持ちがわかった。


その翌日、凜子は自分の服を取りに家に帰った。

退院したことを知っている芳乃は、桜のために料理を詰めて持たせてくれた。

明日香がメリッサを外に連れだそうと車に乗ったところで、凜子の姿が目に留まる。

「あの女性は、この前来た人よね?」

メリッサは凜子を覚えていたようで、英語で明日香に尋ねた。

「メリッサ！ ちょっと付き合って！」

明日香はメリッサの問いには答えず、動きだした凜子の車を見つめながら、自分の車のエンジンをかけた。

荷物を積んでマンションへ戻る車の後ろを、一台の車が尾行しているのに、凜子は気がつかなかった。

「アスカ、いったいどうしたの？」

助手席に座るメリッサは、必死に凜子の車をつけている明日香の姿に驚く。

「お兄さまの手がかりを見つけるの」

「ソウマになかなか会えないものね。私、もう待ちくたびれたわ。そろそろ帰国して、休暇を家族と過ごさなきゃならないし」

メリッサは業を煮やしていた。

「ごめんなさい、メリッサ。今日お兄さまに会えたとしても、紹介はできないかもしれないわ」

明日香が小さくため息をついて謝ったとき、凜子の車が、あの美容室のあるマンションの地下駐車場へと入っていった。

なぜこんなところに？　凜子は自宅から仕事場に通っているはずだから、このマンションには用はないはず、と疑問が湧く。

「もしかしてお兄さま？　このマンションにお兄さまが住んでいるのかも」

ひとりごとを言いながら、明日香も地下駐車場に車をゆっくり進め、目立たないよう停める。

見ていると凜子の車は、よく知っている車の横に駐車した。

（やっぱり！　お兄さまの車だわ！　このマンションに住んでいるんだわ。もしかして、桜とお兄さまは一緒に暮らしているのかもしれない）

そう思うと苛立ちが込み上げ、ステアリングに八つ当たりする。

「メリッサ、ちょっと待ってて！」

「私も行くわ！」

メリッサの声に反応することなく、すぐに明日香は車から降りて、足早に美容室へ向かっていく。

「いらっしゃいませ～」

ドアが開いた音に、受付カウンターでパソコンを見ていた淳が顔を上げた。

桜をあんな目に遭わせた張本人に目を見張る。あのせいで桜が記憶喪失になったと、和樹から聞いていた。

客を施術していた和樹も、受付の前にいる明日香に気づく。

「ちょっと失礼します」

和樹は自分の女性客に断ると、受付まで来て口を開く。

「明日香さん、なんの用ですか？」

「そんなに怖い顔をなさらないで」

警戒しているような表情の和樹に、明日香は笑った。

「帰ってください」

和樹の隣にいた淳がムッとした表情で冷たく言う。

「あのときのこと、悪かったと思っているのよ？　お店に迷惑をかけてしまって。桜はまだ働いているのかしら？」

「いいえ。あのあと、辞めました」

和樹が言うと、明日香は少し考えるような顔になった。

「桜はこのマンションに住んでいるんでしょ？」

「なにも答えられません。失礼します」

冷淡に告げると、和樹は客の元へ戻った。

「どうぞお帰りください」

淳がドアを開けて、明日香に帰るよう促す。

明日香は悔しそうな顔をして出ていこうとしたが、立ち止まって淳を見た。

「人殺しに会ったら言っておいて。お兄さまと暮らすのは絶対に許さない、と」

そう言い捨てると、去っていった。

「なんて嫌な女だ！　桜ちゃんはあの女のために苦しんで、大変な目に遭ったんだ」

事情はわからないが、桜が人殺しなどできるわけがないと淳は思っていた。


ひとりで留守番をしていた桜は、凛子が帰ってくるとホッとした顔になった。

「おかえりなさい。凛子さん」

「お待たせいたしました。なにか変わったことはありませんでしたか？」

凛子がソファに座っている桜の元へ来て、コートを脱ぎながら聞くと、桜は首を横に振る。

「なにもないです。そういえば凛子さんは、どうして私に敬語を遣うの？」

「桜さまが、私の上司である蒼真さまのご婚約者だからですよ。昔からそうです」

凛子はコートをハンガーにかけて、首を傾げている桜を見た。

「昔？　昔から私を知っていたの？」

桜に疑問が湧いてくる。

「え……」

一瞬、間違ったことを話してしまったか考えた。

（そういえば蒼真さまは、まだふたりがいとこだということを話していなかったわ）

「昔、というのは言いすぎましたわ。桜さまが蒼真さまと会われてからのことです」

凛子はそうごまかすと、キッチンへ向かった。

「母が料理を持たせてくれたので、召し上がってください」

「凛子さんのお母さんのお料理は、おいしいから大好き。懐かしい味がするの」

桜の言葉に、有能な秘書はドキッとした。

芳乃の料理を懐かしいと言った桜は、記憶が戻り始めているのでは……？と考えながら、凛子は芳乃の料理を皿に移す。電子レンジで温めていると、桜が手伝おうとキッチンへ入ってくる。

「蒼真はいつ帰ってくる？」

「あと六日ですわ。待ち遠しいですか？」

「早く会いたい」

そう言って凛子に微笑んだ。

「桜さまが元気になれば、蒼真さまはお喜びになりますわ」

まだ本調子でない桜は、話しているとすぐに疲れてしまう。

（あと六日か……まだ六日もあるんだ。私はあの人を愛しているのかな。会えないと寂しい。優しい眼差しは心が落ち着くし。昔から知っているような、心地よく懐かしい瞳……）

食事のあと、ベッドに横になってからも、桜は寝つけずに考え事をしていた。

六日が経った朝、桜は目覚めるとウキウキとした気持ちだった。蒼真に会えない長い時間が終わる。今夜帰ってくるのだ。

「蒼真兄さま……」

（えっ……？　蒼真兄さま……？）

何気なく出た言葉に、戸惑いを覚える。

そこへドアが叩かれ、凛子が入ってきた。

「桜さま、これから病院へ行ってきます」

「はい」

凛子のきちんとしたスーツ姿を見て、自分の姿が恥ずかしくなる。起きたばかりでまだパジャマのまま。

「お食事が心配なんですが」

凛子が心配そうに桜を見る。

「お昼ご飯くらい作れます。安心して凛子さんは行ってきてください」

元気になった桜を見て、凛子は安心して出ていった。

桜は彼女が買ってきてくれた週刊誌や小説を読みながら、時間を潰した。


蒼真はその日の夜遅くに帰宅した。エンジントラブルで飛行機が遅れたのだ。予定通りならば、十九時にはマンションに帰ってこられたのだが。

なかなか帰ってこない蒼真を、桜はなにかあったのではないかと心配しており、二十一時に彼から電話があったときには心の底から安心した。

蒼真がマンションに戻ってきたのは、桜が眠気に逆らえなくなりそうなときだった。

静かにドアが開き、カシミアのコート姿の蒼真が入ってきた。桜はソファから立ち上がる。

「蒼真、おかえりなさい」

はにかんだような微笑に、蒼真はそっと桜を抱き寄せる。

「桜、ただいま。身体の調子はよさそうだね?」

身体を離して桜の顔を見る。

「もう大丈夫よ」

そうは言うが、疲れやすいことは凛子から報告を受けていた。

「シャワーを浴びてくる。先に寝ていなさい」

「はい」

桜は眠気に逆らえず、ベッドルームに行った。


「二泊ぐらいの旅行の準備をしておいてほしい。明日、仕事から戻ってきたらふたりで出かけよう」

翌朝、蒼真は仕事に出かける前にそう言った。

「昨日帰ってきたばかりなのに、どこへ行くの?」

玄関まで送りに出た桜は、彼の身体を心配する。

「別荘でゆっくりしようと思うんだ」

蒼真は事故のあったあの別荘へ連れていくことにした。

つらい過去のある別荘だが、桜の記憶がない今、問題はないだろう。人がいない別荘のほうがゆっくりできると考え、忙しかった蒼真も、桜とくつろぎたかった。

彼女が磨いたピカピカのビジネスシューズに足を入れて、「ありがとう」と微笑む。

「別荘があるの？」

「そう。楽しみにしていて。じゃあ、出かけてくる」

桜は嬉しそうに微笑むと、蒼真を送りだした。

「はい。いってらっしゃい」

玄関のドアが閉まると、ベッドルームへ行く。

蒼真と一緒に旅行ができる、とウキウキした気分で、大きめのバッグの中に必要なものを詰めた。

翌日、蒼真は留守中にたまった仕事を片づけ、十五時過ぎにふたりは出発した。蒼真の運転する車の助手席に座った桜は、嬉しそうに窓の外を見ている。

「眠かったら眠っていればいい」

チラッと桜を見て声をかける。

「ううん。そんなのもったいないから」

記憶がない桜は、いろいろなものを覚えようと一生懸命だ。蒼真はそんな彼女に、無理強いする言葉は言わなかった。

平日ということもあり、道路は比較的空いていた。


ふたりが昔よく行ったレストランで食事をして、途中のスーパーで二泊分の食材を買い、二十一時を回った頃、別荘に到着した。

外へ出た桜は、辺りをぐるっと見渡した。吐く息が白い。とても冷たい空気だ。

門灯はあったが、辺りに街灯ひとつない真っ暗な景色が怖くなって、両手を身体に回す。

(なんか……怖い……)

「桜?」

蒼真が荷物を持って隣に立つと、桜はホッとして笑いかける。そして玄関に明かりが見えると、さらに安堵した。

蒼真は玄関の鍵を開けた。大きな別荘の部屋には明かりが灯されており、リビングに入ると、暖炉が赤々と燃えていた。寒くないようにと、管理人がつけてくれていた。

「蒼真、買ってきたものを冷蔵庫に入れるね」

そう言って、キッチンがあると思われるドアへ向かった。

（あれ……？　なんでこっちへ来たの？）

足が無意識に動いていたことに戸惑う。立ち止まってしまった桜の背後に、蒼真が立つ。

「どうしたんだ？」

「蒼真……こっちのドアはキッチン？」

振り返ると、後ろにいた彼に買い物袋を取られる。

「そうだが？」

「なんで知っているんだろう……」

考え込むような顔になった。

「ここへ来たのが初めてじゃないからだ。記憶を失う前に一度来たことがある」

今まで数えきれないくらい桜は来ており、自然と足が向かうのも無理はない。

「そうだったんだね」

頷くと、艶やかな木材のドアを開けた。

パジャマに着替えた桜が、ベッドで本を読んでいた蒼真の横に来た。

「桜」

彼は読んでいた本をサイドテーブルに置くと、羽毛布団をめくる。桜は、はにかむような笑みを浮かべて滑り込んだ。

湯上がりの桜は、いい香りを漂わせていた。そうなると、今まで抑えていた蒼真の欲望が湧き上がってくる。

しかしまだ桜の体調はよくない。そう自分に言い聞かせ、彼女を抱き寄せるだけ。

「桜、愛している。記憶が戻ったときにも忘れないでいてほしい。君が一番大切だということを」

そう言うと、ふんわりと桜の唇にキスを落とす。

「どうしたの？　蒼真、もちろんだよ？　記憶があってもなくても、私は蒼真を愛しているの」

（いつから蒼真への愛を自覚し始めたんだろう。きっと病室で目が覚めて、自分が誰だか、わからなかったときからかもしれない。彼の瞳はとても温かくて、ホッと安堵できた）

自分のことをいつも考えてくれる優しい蒼真に、桜は心惹かれていた。

「俺には君が必要なんだ」

蒼真はもう一度唇を重ねて、抱き寄せた。

二日間、ふたりは気ままな生活を楽しんだ。桜にとって、初めて蒼真とゆっくりできた時間。彼女の顔は幸せいっぱいに輝いていた。その顔を見ると蒼真は安心した。

やはり記憶は桜にとって無用なもので、思い出す必要はない。こうして幸せに過ごせるのだからと、過去との決別を願う。

たった二日間のふたりの休暇は、あっという間に終わってしまった。

第七章　過去にさようなら

マンションへ戻った翌日から、蒼真は凛子と共に忙しい毎日になってしまった。

(私が寂しいのは仕方がない。蒼真は有名な脳神経外科医と聞いたから。あの繊細な指で、数えきれないくらいの人を救っているんだ)

桜は外出することなく、部屋にいた。やることはないのだが、蒼真か凛子がいないと外へ出るのが怖い。

食材は凛子に頼めば買ってきてもらえる。口には出さなかったが、蒼真も桜に外出してほしくない様子で、桜はそれでもいいと思っていた。記憶のない自分は、マンションの部屋が一番安心できる、と。

しかし今日に限ってはいつもと違った。真冬で寒いが晴れており、外はぽかぽかしていそうだった。窓から外を見た桜は、ふと出てみようと思い立つ。

キッチンへ行って、冷蔵庫を開けてみる。

(材料もないし、買いに行こう。外出の口実になる)

自分のバッグの中に、財布と鍵が入っていた。

（この家の鍵だよね……？）

財布を開けてみると、充分すぎるくらいのお金がある。

寒くないように暖かいコートを着て、玄関を出た。

念のため、鍵がこの部屋のものであるかを確かめると一致した。

桜はおそるおそるエレベーターに乗って下に降りる。

一階に到着してみると、思っていた以上にたくさんの店が建ち並んでおり、驚いた。

蒼真と出かけたときには、ちゃんと見ていなくて気づいていなかった。

どんな店があるのか、ぐるっと回ってみて落胆する。

（食材は売ってないんだ……ちょっとがっかり……）

ここで買い物が済めばいいなと思ったのだ。

そのとき――。

「桜ちゃん！」

突然後ろから名前を呼ばれて、ビクッとして振り向くと、目の前に若い男性が立っていた。

「あなたは……？」

まったく知らない男性に、一歩あとずさる。その動きを見て、淳は驚きを隠せない。

「淳だよ。桜ちゃん、本当に記憶がないんだ……」

「淳さん？　こんにちは。ごめんなさい、覚えていなくて……」

「いいんだ。もう身体は大丈夫なの？」

じっと桜を見つめる。顔色がいい桜は元気そうに見えた。

「はい。大丈夫です」

どうして身体のことを知っているんだろうと首を傾げたとき、ふたりの前に女性が現れた。

「桜ちゃん、よかった」

店から桜と淳の姿が見えて、出てきた洋子だった。

「ごめんなさい。あなたのこともわからなくて……」

（私を知っている人がいる。けれど、私にはわからない……ここは嫌）

どう話していいか困った桜は、頭を下げて「失礼します」と言うと歩き始めた。

「桜ちゃん！」

淳が声をかけたが、彼女は立ち止まらずに行ってしまった。

「俺たちのことがわからなくて、戸惑っていたみたいだ」

「かわいそうに……」

ふたりは働いていた頃の桜を思い出していた。

淳と洋子から逃げるようにマンションを離れ、桜は自分がスーパーを探そうとしていたことを思い出す。

道はまったくわからず、歩いている方向にもスーパーらしきものは見えない。

真冬の風が頬に当たり、その冷たさにぶるっと震える。

（寒い……こっちにはないのかな）

くるっと回れ右をして、来た道を戻り始めた。

そんな桜を車の中から見ている女性がいた……明日香だ。彼女は急いで車から降りると、桜に近づく。

「待って！」

大きな声に呼び止められ、桜の足が止まった。

「私は秋月蒼真の妹、明日香よ。母が会いたがっているわ。今から一緒に行かない？」

明日香は桜に警戒心を抱かれるのを防ぐため、にっこり笑って好印象を持たれようとする。

蒼真に紹介したいと思っていたメリッサは、すでにイギリスへ帰国していた。まったく会う気のない蒼真に苛立って。

(秋月明日香……蒼真の妹さん?)

「あの……蒼真は?」

桜は首を傾げて、困惑した瞳で明日香を見る。

「兄は家で待っているわ。呼んできてほしいと頼まれたの」

「でも……今日は病院って……」

「あなたが記憶喪失だということも知っているわ。兄が教えてくれたから」

本当のところは、凛子が出入りするマンションを、雇った探偵に見張らせて調査させていたのだ。

「蒼真が……?」

「そうよ。私とあなたは仲のいい、いとこ同士よ。急だけど、うちで食事をすることになったの」

明日香は笑みをたたえたまま、説明を続ける。

「私とあなたがいとこ?」

「ええ。兄から聞いていない?」

困惑しながら、桜はコクッと頷く。

「つまり、私と蒼真もいとこ……」

この女性の言うことが本当なら、なぜその事実を蒼真が教えてくれなかったのか、不思議に思った。一度に多くの情報を入れないほうがいいと判断したのか……蒼真の考えを予想するが、桜にはわからない。

「心配だったら兄に電話をしてみる？」

明日香はバッグからスマホを取りだそうとする。

「いいえ、行きます」

感じのいい明日香を疑うのが申し訳なくて、桜は行くと答えた。そのまま明日香の高級外車の助手席に乗る。

車が動きだしても、どうして蒼真が話してくれなかったのか気になっていた。

明日香は桜の顔をチラッと盗み見る。なにも知らずに座っている様子に、いらいらしていた。


明日香の運転する車は、大きな門の中へ入っていった。敷地内を進む車の中で、桜は不穏な気持ちになった。

「さあ、どうぞ？」

「あ、あの……私、帰ります」

降りるように言われ、桜は戸惑いの表情を浮かべた。

「お兄さまも中にいるのよ？　凜子さんも」

しかし明日香に優しく言われて、仕方なく車から降りる。

玄関に白髪交じりの男性が立っていた。そして自分を「桜さま！」と呼び、驚く。

「私……」

覚えていない男性に申し訳なさそうな顔をして、明日香に促されるまま中へ入った。

南条は、記憶のない桜が来たのを変に思い、キッチンへ行くと、スマホを出して凜子に電話をかけた。


蒼真と一緒に学会に出席していた凜子は、ポケットのスマホが振動したのを感じた。

学会は終わっており、蒼真は医師たちに囲まれて雑談をしている。

父からの着信に疑問を感じつつ、部屋をあとにして電話に出た。

『もしもし、凜子か』

「父さん、どうしたの？」

『桜さまがお屋敷にいらしている。明日香さまが連れてきたんだ』

「ええっ⁉ いったいどうして！」

急いで父に桜を頼んで電話を切ると、蒼真の元へ戻る。

「お話し中、失礼します。秋月先生、お伝えしたいことが」

蒼真にそっと声をかけた。

凛子の表情からなにかあったことを察した蒼真は、彼女と一緒に廊下へ出た。

「どうした？」

医師たちとの雑談中に声をかけてきたくらいだから、なにかあったのだろうと、蒼真は真剣な顔つきだ。

「今、父からの電話で、桜さまがお屋敷にいらっしゃると。明日香さんと一緒にいらしたようです」

この話は凛子もいまだに信じられない。

「なんだって⁉」

蒼真は息が止まったように立ちすくむ。

「どうなさいますか？」

「すぐに行こう。桜が心配だ」

蒼真の顔に焦りが見えた。

ふたりは医師たちに挨拶をしたあと、コンベンションホールの地下駐車場へ急いで向かい、秋月家へ車を走らせた。

自宅までは早くて三十分。その時間でさえもどかしく、桜が心配だった。運転を今回は凛子に任せ、屋敷に電話をかける。

『はい。秋月でございます』

南条がすぐに出た。

「蒼真だ。母に代わってくれ」

南条は即座に事態を察し、蒼真の耳に保留音のメロディが聴こえてきた。

蒼真の電話があったとき、リビングの真ん中にいた桜は身体はぶるぶると震わせて、怯えていた。美沙子と明日香はソファに座り、怒りに満ちた冷たい目で桜を見ている。

(この人たちはどうして、私を人殺しだと責めるの?)

まったくわからないことをいろいろ責め立てられていて、桜の顔には血の気がない。この部屋に入ってきたときから、頭が割れるように痛んでいた。

「まだとぼける気?　お兄さまを殺しておいて!」

明日香のヒステリックな声がリビングに響く。この屋敷へ来るまでは優しかった明日香の豹変《ひょうへん》ぶりに、桜は恐怖心さえ覚えていた。

そこへ南条がやってきて、美沙子に蒼真からの電話を取り次ごうとしたが、彼女は首を横に振り電話に出ようとしない。

「今は忙しいと言ってちょうだい。南条、用はないから出ていきなさい」

美沙子は冷たく南条に命令する。主人の命令に、彼は部屋を出るしかなかった。

「本当に……私、なにもわからなくて……」

桜は、記憶がないことがこんなにつらいとは思わなかった。

（この人たちは、私を人殺しと呼ぶ……私は人を殺したの？）

「桜、あなたが小さい頃から憎かったわ。私の愛するものを奪っていく子だったから。もういい加減、蒼真さんを返しなさい！」

ぶるぶる震えている桜は、明日香と美沙子の顔が見られない。

「なんとか言ったらどうなのっ⁉」

明日香は桜の前で腕を組み、威圧的に言い放つ。

「……蒼真は、まわりにどうこう言われて動く人じゃないです」

ひどくなる頭痛を堪えて、桜は言葉にする。

「お前がいなくなれば戻ってくるわ」

美沙子が憎しみの目を桜に向ける。

桜は目の前がチカチカしてきて身体がふらつき、壁にぶつかった。そのとき、ドアのノック音のあと、芳乃が入ってきた。紅茶セットをトレイに乗せたワゴンを押して、テーブルに近づいてくる。

「芳乃、お茶などいいわ。下がりなさい」

いらいらとした声に芳乃は一瞬ひるんだが、顔を上げた。

「奥さま、桜さまは記憶をなくされているのです。なにをお話しになってもわからないんです。ですから――」

今にも倒れそうな青ざめた桜を見るといても立ってもいられず、言っていた。

「芳乃？　この子をかばうつもり？」

「はい。それに桜さまは、望さまを殺しておりません。警察でもそう立証されたではありませんか」

（望……？）

桜は自分をかばってくれる見知らぬ女性が口にした、『望』という名前を聞いて、頭の中のもやもやが晴れていく感覚に見舞われた。

（望、望、望……）

頭の中で望の名前が連呼される。

「私に歯向かうのなら、お前と南条を解雇します」

美沙子はさらっと解雇通告した。まるで天気の話をしているかのようだ。

「お母さま！」

いくらなんでも、ずっと働いてくれていた南条夫妻を追いだすなんて、と明日香が驚いて叫ぶ。

「それでもよろしゅうございます。桜さまも一緒に連れていきますから」

芳乃は美沙子にきっぱり言い、桜を見ると、彼女は座り込んで頭を抱えていた。

「桜さま！」

慌てて桜に駆け寄る。

「頭が……望、って……」

両手を頭に置いて首を横に振る姿は、芳乃の胸を痛めた。

「桜さま、もうなにも考えないでいいのですよ」

芳乃は桜を抱えるようにして立ち上がらせる。

「まったく！　記憶喪失だなんて都合のいい子ね！」

美沙子は苛立つ気持ちを落ち着かせようと、タバコとライターを手にした。

桜の視線が、カチッという音のほうへ動く。

ライターの火を目にした瞬間、声にならない悲鳴を上げた桜は、芳乃の腕の中で意識を失った。

「桜さま⁉　桜さまっ⁉」

そのとき、乱暴にドアが開き、蒼真と凜子が入ってきた。

「桜！」

蒼真が目にしたのは、桜が芳乃の腕の中でぐったりしている姿だった。他の者には目もくれず、桜に駆け寄る。

「突然、意識を失ってしまって」

芳乃が説明すると、蒼真が桜を抱き取った。

その場に彼女を寝かせ、心拍や呼吸を確かめ、気を失っているだけだと確認すると、美沙子に視線を向ける。

「望の死は桜のせいじゃない。そんなこだわりは捨てて、いい加減に望を成仏させてやるんだ」

「忘れられるわけないじゃないの！　最愛の息子が、この女のために死んだのよ！」

「その最愛の息子が、ドラッグを使っていたんだ。望は母さんが思うような息子ではない」

「ドラッグ……？」

明日香は驚いた顔で聞き返す。だが、美沙子の表情は変わらない。望がドラッグを使っていたのを知っていたからだ。

「そうだ。厩舎で桜は、ドラッグを使った望にレイプされかけたんだ。被害者は桜だ！もう誰も桜を傷つけることは許さない！」

蒼真は桜を抱き上げる。

「蒼真さん！」

出ていこうとする息子を美沙子が強い口調で呼ぶが、彼はリビングを去っていった。

そのあとを凛子がついていく。

「蒼真さま、桜さまは大丈夫ですか？」

「気を失っているだけだ……」

桜を車の後部座席に乗せると、車を発進させた。

マンションに着いた蒼真は、まだ気を失ったままの桜を抱き上げ、ベッドに寝かせた。熱も脈も正常だ。しかしどんなに動かしても反応がなく、心配になる。

「桜？　桜、目を覚ますんだ」

蒼真が呼ぶが、桜はピクリともしない。

凛子は心配そうな表情を張りつかせたままだ。桜はひどいことを言われ、心が悲鳴を上げているはず、と思うと苦しかった。

「しばらく眠らせておこう。今はそっとしておいたほうがいい」

蒼真としても、ずっと目を覚まさない桜が心配なのだが。

ベッドルームのドアを開けて、蒼真と凛子は隣のリビングに腰を据えた。桜が起きたときにすぐわかるように、ノートパソコンをリビングに持ってきて仕事をすることにした。

ふたりで夕食をとった後も、凛子は桜が心配でまだ帰れない。

リビングには、ふたりがパソコンのキーボードを叩く音しかしなかった。

そのとき——。

「嫌ーっ!!」

ベッドルームから悲鳴が聞こえてきた。はじかれたように蒼真は立ち上がり、中へ入る。

桜はベッドの上に起き上がり、手を頭に置いて左右に激しく振っていた。

「桜！　やめるんだ！」

蒼真は駆け寄ると、ぎゅっと胸に閉じ込めるように抱きしめる。

「嫌よ！　行かないで！」

抱きしめられてもなお、首をぶんぶんと振っている桜。

「落ち着くんだ」

凛子が診察カバンを持ってきた。

蒼真はふたりを見ようともしない桜をベッドに寝かせると、細い腕に注射した。少しの間暴れていた桜だが、次第に落ち着いてきたようだ。

「桜、気分は？」

「望くんは、どこ……？」

目を開けたまま、今度はぼんやりと宙を見つめている。

桜の口から出た言葉に、蒼真と凛子は顔を見合わせた。

「望はいない」

「嘘……さっき、そこにいた」

「夢を見たんだよ」

「夢……？　望くん、私に謝るの……『ごめんね』って……」

桜の目から涙がこぼれ落ちた。

「桜……」

ハンカチで桜の涙を拭っていると、薬が効いてきて、彼女は目を閉じた。

夜中、桜は目を覚ました。

さっきのように取り乱すこともなく、ぼんやりとした目で、隣に眠っている蒼真を見た。

（蒼真兄さま……）

すべて思い出した。もちろん望のことも。自分がシカゴに住んでいたことも。

そして、蒼真をずっと愛していたことも。

頭がまたズキンズキンと脈打つように痛んだ。

（あのとき……私は死んでもいいと思った……）

薄明かりの中、自分のほうを向いて眠っている端整な顔を見つめる。

（蒼真兄さま……）

形のいい唇に思わず触れたくなる。

ピクッと手を動かしてしまった瞬間、眠っていた蒼真が目を開けた。元々眠りが浅い蒼真。ブルーグレーの瞳と目が合う。

「桜、いつ起きた？　気分は？」

「……頭が痛くて」

考えれば考えるほど頭痛がする。起き上がった蒼真は、そんな桜の額に手を置いた。

「少し熱があるな」

そう言って足を床に着けると、ベッドルームを出た。

「さあ、薬を飲んで。楽になる」

戻ってきた彼が、起き上がった桜の口に薬二錠を入れて、水を飲ませる。

「蒼真兄さま……」

薬を飲み下した桜は、ベッドの端に腰かけた蒼真を見た。

「蒼真兄さま、か……思い出したんだね？」

寂しそうな表情になった彼の言葉に、コクッと頷く。

「私は……これからどうすればいいの……？」

「桜……」

彼女の苦しみがわかるから、蒼真はしばらくなにも言えなかった。

「桜は俺のそばにいればいい。今は眠るんだ。なにも考えずに」

蒼真にそっと頬を撫でられながら、桜は抱きしめられた。

そう言われたものの、なかなか寝つけなかった。彼の腕の中に抱き込まれた状態で、秋月家へ行ったときのことを思い出していた。

(芳乃さん……私のせいで、伯母さまにひどい言葉を言われてしまった。ずっと働いていたのに、クビになるかもしれない。伯母さまのことだから、一度言ったことは撤回しないはず。南条夫妻が辞めさせられちゃう……)


翌朝、気分はスッキリしないものの桜は起き上がった。すでに蒼真は隣にはいない。仕事に出ているのだろう。時計を見ると九時を回っている。

白のニットワンピースを着てリビングに行くと、凛子がコーヒーを淹れていた。

「桜さま、もう大丈夫なんですか?」

姿を見せた桜の顔色が悪い。

「凛子さん。昨日、芳乃さんが私をかばったことで、伯母さまがお怒りになってしまったの。芳乃さんは大丈夫ですか?」

「桜さまは、お気になさらなくていいのです。秋月のことは父と母が考えますから」

「でもっ!」

優しいふたりのことを考えると、胸が押しつぶされるように痛くなる。

凛子がミルクたっぷりのカフェオレをカップに淹れて、桜の手に渡す。

「そろそろ、父も母も我慢の限界なのかもしれません。今までよくもったと思いますから。これはいい機会でした」

安心させるように桜に微笑む。凛子に優しい言葉をかけられたが、気分は晴れずに悲しそうな顔の桜だ。

「本当に、お気になさらないでください。蒼真さまも、力を貸してくださいます」

（蒼真兄さまが、なんとかしてくれる……）

そう聞いても桜の胸は痛んだ。

（いつも私を励ましてくれた南条夫妻。実の父と母のように優しかったのに……迷惑をかけてしまった）

「桜さま？　お座りになっていてください。朝食をお作りしますから」

桜をダイニングテーブルの椅子に座らせると、凛子はキッチンの中へ消えた。

午後の買い物から戻ってきた凛子は、リビングに入ると違和感を覚え、桜を呼んだ。

眠っているのかもしれないと、買い物袋をダイニングテーブルに置いてベッドルームへ行く。

しかし、桜の姿はベッドにはなかった。

「桜さま⁉」

他の部屋を探したが、どこにも姿が見えない。

凛子は急いでバッグからスマホを取りだすと、蒼真に電話した。


「なにも言っていなかったんだな？」

仕事を切り上げてマンションへ戻ってきた蒼真は、凛子に聞く。

「はい」

凛子が神妙に頷いた。

「まだ体調も悪いというのに、どこへ行ったんだ？　行きそうな場所を考えても心当たりはない。もしかすると下の美容室に行ったのかもしれない」

蒼真がそう言うと、凛子は美容室へ見に行った。

しばらくして戻ってきたが、がっかりしたように首を横に振る。

「いなかったか……」

蒼真の顔に焦りの表情が見え、眉をひそめて部屋をうろつく。

真っ白な百合《ゆり》の花束を抱え、桜は電車に揺られて別荘に向かっていた。決して忘れてはいけない場所へ。

（望くん……）

別荘は桜にとって、恐ろしく、忌まわしい場所。

だけど昨日、夢で望の姿を見てから、あの場所へ行かなくてはならない思いに駆られていた。

（夢で、望くんは私に笑ってくれていた）

最寄り駅で電車を降りると、秋月家の別荘へ向かう。駅から歩いて三十分ほどのところだ。

（蒼真兄さま、心配しているよね……なにも考えず衝動的に出てきちゃった）

電車を待つ間に連絡しようとバッグの中を探すと、スマホがない。マンションに置いてきてしまっていたのだ。蒼真や凛子の電話番号を覚えていないので、公衆電話からも連絡ができなかった。

自宅マンションを出て二時間半後。別荘のある最寄り駅に着くと、あまりの寒さに身体が震えた。

冷たくかじかむ手の片方を、コートのポケットに入れながら二十分ほど歩いていると、だんだんと建物が少なくなる別荘地帯に入った。

さらにそれから十分後、この辺りで一番大きな建物の前に着いた。門には鍵がかけられている。

「あっ……」

うっかりしていた。鍵など持っていない。

「どうしよう……」

裏口に回ろうと、塀沿いを歩いていく。辺りは暗くなってきていた。裏口にたどり着いたが、そこも頑丈な鍵がかかっていた。

「望くん……」

そう呟いたとき、男性の声が桜の名前を呼んだ。

「桜お嬢さまでは?」

桜は肩を震わせて驚き、慌てて振り返る。

「ああ、やっぱり。その瞳は忘れませんよ」

彼女の瞳を見て、男性は皺のある顔をほころばせた。

「河本《こうもと》さん……」

　この六十代の河本という男性は、妻とふたりで隣の棟に住み、昔から別荘を管理している。

「こんなところで……おひとりでございますか？」

「え、は、はい」

「外は凍えるような寒さです。さあさ、別荘の中へ」

　河本は百合の花束を抱えた桜を心配そうに見て、玄関へ案内しようとした。

「あの……鍵を持っていないんです」

　桜は首を横に振る。

「大丈夫ですよ。私が持っていますから」

　笑顔でそう言うと、河本は玄関のほうに歩き始めた。

　別荘の中に入ると、彼は暖炉に火を入れる。室内も外と同じくらい寒くて、桜はコートをまだ脱げずにいた。

「すぐに温かくなりますから、暖炉の前にいてください」

　花束を持って、ぼんやりとリビングに立ったままの桜に、河本が声をかける。

「……私、外に行ってきます」

出ていこうとする桜に、河本が尋ねた。

「もしかして、厩舎のあった場所ですか？　それでは、温かい飲み物でも用意しておきましょう」

桜はかすかに微笑むと、厩舎跡に向かった。リビングに残った河本は、様子がおかしい桜を心配して、東京の秋月家へ電話をした。

蒼真のスマホが鳴った。着信の相手は明日香だ。

「はい？」

『お兄さま、桜をひとりで別荘に行かせたの？』

「……桜が別荘にいるのか⁉」

美沙子宛にかかってきた電話にたまたま明日香が出ると、別荘の管理人の河本からで、桜がひとりで来ていると言う。昨日のことがあるから、明日香もさすがに心配になったのだ。

あのあと、明日香は現実を受け入れた。確かに望は、死ぬ数日前から様子がおかしかったのを覚えている。会話が噛み合なかったり、ろれつが回らなかったりすることもあった。

まさかドラッグを使っていたとは思わず、すべての責任を桜に押しつけてしまった。美沙子はまだ真実を受け入れられないようだが。

「明日香、伝えてくれてありがとう」

こうやって知らせてくれたのは、明日香の気持ちが和らいだせいだろう。桜を心配して電話をかけてくれたのだと、蒼真はひと安心する。

明日香との電話を切ると、近くにいた凛子に、桜が別荘にいることを知らせた。

それからすぐに別荘へ電話をかけると、桜が大きな花束を持って厩舎跡へ行ったと報告される。

「桜をそこにいさせてください。二時間で迎えに行きます」

『わかりました。少し待って戻らないようなら、様子を見に行ってきます』

蒼真の焦りを察して、河本はそう言った。


桜は厩舎跡に立っていた。ちょうど望が亡くなった場所の前に。

あのときの火事で建物はなくなってしまっていたが、場所ははっきりと覚えていた。

（望くん……）

持っていた花束を地面に置く。

その花束に白いものがハラハラと落ちてきた……雪だ。

桜はその場にしゃがみ込んだ。舞うように落ちてきた雪は、だんだん前がかすむくらいの粉雪へと変わっていく。桜の髪に落ちては消える。

(望くん、今まで来られなくてごめんね。ずっとつらかったの。望くんにもつらい思いをさせてしまってごめんね)

桜の頭が雪で白くなった頃、背後に足音がした。

「桜お嬢さま、ここは寒いです。どうぞ部屋の中へ」

しゃがんで動かない彼女に、河本は言う。

「さあ、桜お嬢さま。風邪をひいてしまいますよ」

河本がもう一度言うと、桜はおもむろに立ち上がった。

「あの……私、帰ります」

「なにをおっしゃるんです。これからひどい雪になります。今日はこちらにお泊まりになってください」

「でも……」

秋月の者ではない自分が、勝手に泊まっていいとは思えなかった。それに蒼真も心配しているはずだと考えると、帰らなくてはと焦る。

「こんな遅い時間に東京まで帰せませんよ。身体が冷えきっているではないですか。どうぞ中へ」

　桜の手を取ると、河本は別荘の玄関に向かった。


「温かい紅茶です」

　目の前のテーブルに、紅茶と焼きたてのパンとコーンスープが出された。

「ありがとうございます。おいしそう」

「どうぞ召し上がってください。ちょうど家内が焼いたところでした」

　まだ夕食を食べていなかった桜は、焼きたてのパンをひとつ手にして食べ始める。

「それでは隣の棟におりますので、なにかありましたら、そこの電話の一番を押してください」

　河本は頭を下げて出ていった。

　部屋の中は、暖炉の火のおかげで暖かくなった。お腹も満たされ、快適な室温の部屋にいると、だんだんと眠くなってきた。

（蒼真兄さま、心配しているよね……河本さんに聞けば、蒼真兄さまの番号はわかるだろうか）

電話をかけて聞こうと立ち上がったとき、玄関のほうからドアの開閉音が聞こえた。

その音にビクッとして固まる。

「桜！」

その声の主は、まっすぐに桜のいるリビングにやってきた。

「蒼真兄さま！　どうして……？」

全身雪で濡れたコート姿の蒼真が姿を現す。

「桜」

突っ立っている桜の姿を見て、安堵した表情になった。

「心配した……」

蒼真はゆっくり近づいて、彼女を乱暴に抱きしめた。

「黙って出かけてごめんなさい」

いつも冷静な蒼真をこれほどまで取り乱させるのは、桜しかいないだろう。

「まったく……」

「ごめんなさい」

（顔を上げて自分に謝る桜は、子供のようだ）

黙って出ていったことにずっと怒りを覚えていたのに、面と向かうと許してしまう蒼真がいた。

「心配かけすぎだ……」

桜の顎に手をかけると、啄むようなキスを落とす。

「蒼真兄さま、身体が濡れてる。乾かさないと」

そう言う桜も、蒼真に抱きしめられたとき、濡れてしまっていた。

「車から出ただけでこれでは、明日までかなり積もるな」

「ここに来たときは降っていなかったの。あっという間に積もってしまって。風邪をひくからお風呂に入って。さっき河本さんがお湯を入れてくれたから」

蒼真はコートを脱いでハンガーにかける。

「入ろう」

桜の手を掴むと、バスルームへ向かおうとした。

「えっ⁉　入ろうって？」

桜は目をパチクリさせる。

「一緒に入るに決まっているだろう。もう目を離さないからな」

「外は雪が降っていて、逃げられないから」

「やっぱり逃げる気でいたのか？」

蒼真は切れ長の目で桜を睨む。

「そうじゃないけど……」

首を横に振る彼女を、すくうようにして抱き上げた。

「きゃっ！」

桜はぐらっと揺れる身体を安定させようと、蒼真の首に腕を回すと、視線を絡ませたまま浴室に向かった。


「あん……っ」

ふたりは大きなバスタブの中にいた。蒼真は桜を後ろから抱え込むようにして熱い湯船に浸かり、その手は彼女の胸の頂を弄《もてあそ》んでいる。

「ん……や……」

「俺を焦《じ》らせたお仕置きだ」

やまない愛撫《あいぶ》に、桜は蒼真の腕の中で身をくねらせた。

蒼真の唇が耳朶を食《は》む。そして、熱い舌で耳殻をなぞり上げる。

「っあ……あ……」

お腹の中から全身に伝わる感覚に、桜は甘い声が抑えられない。

身体を動かし、蒼真と向き合う。

彼は唇を重ねると、桜の口内を貪るように舌で堪能していく。熱かったお湯は、ぬるくなりかけていた。

バスタブを出て、桜を抱いてタオルに包むと、ベッドルームに連れていった。そして、これ以上ないくらい優しく抱くと、彼女は眠りに就いた。

桜の隣で寝顔をしばらく見つめていた蒼真も、目を閉じるとすぐに眠りに落ちた。


「蒼真兄さま！　すごい！　銀世界になってるっ」

まだ眠っていた蒼真にベッドの上で叫んだ桜は、十八歳の頃のようだ。

「もう起きたのか……」

眠い目で時計を見て時間を確かめると、七時を回っていた。

分厚いカーテンが開かれて、眩しい太陽の光が蒼真に当たった。

「こんなにたくさんの雪、シカゴ以来だから」

ガウンを羽織った桜は、ベッドの上から出窓を覗き込んでいる。

「起きて散歩しよう？」

「……そうだな」

それも楽しいかもしれない、と蒼真は身体を起こした。そして桜の唇にふんわりとキスを落とすと、床に足を着けた。

ふたりはコートを着て外へ出た。手袋のない桜の手は蒼真にぎゅっと握られていて、反対側の手はお互いポケットに入れていた。

蒼真は厩舎跡を避けて違う道を行こうとしたが、桜は立ち止まり、首を横に振る。

そして蒼真の手を軽く引っ張り、その方角に足を向けると歩き始めた。

厩舎跡のほぼ中央に、雪がこんもりと盛り上がっているところがあった。

桜は握っていた蒼真の手を離すと、盛り上がったところの前にしゃがんで雪をかき始めた。

「なにをしているんだ？　手が冷たくなる」

「昨日、お花をここに置いたの」

「花束を？」

桜が数回雪をかくと、花束が出てきた。

「望くんにあげたくて……」

これまで望のことに触れると震えだしたり、気分が悪くなったりしていた桜だが、今は様子が変わらず落ち着いていることに、蒼真は驚いた。

しゃがんだままの桜は、両手を合わせたまましばらく動かなかった。


「蒼真兄さま……時間が欲しいの」

別荘に戻った桜は、真剣な顔で言った。

「桜？　唐突にどうした？　いったいなんの時間だ？」

わけがわからず、蒼真は片方の眉を上げてみせる。

「もう私、逃げないから……逃げないから……考える時間が欲しいの」

よく考えて出した結論だった。

立っていた蒼真は、ソファに座る桜の隣に腰かける。

「考える時間か……」

桜はやっと蒼真と向き合える気持ちになった。

（このまま桜を縛っても、逃げていくばかりだろう）

愛しているからこそ一度手放すべきなのかもしれないと、蒼真は苦渋の決断をする。

「どうするつもりなんだ？」

「私の居場所は、蒼真兄さまのところか……シカゴしかない……」

瞳を潤ませながら懸命に考えている桜が、愛おしくてならない。蒼真の端正な顔は、沈痛な面持ちだ。

「シカゴか……」

あの場所へ行かせるのは心配だが、ほんの一瞬だけ瞼を閉じてから、桜を茶色の瞳で見つめた。

「わかった……だが条件がある」

「条件？」

桜は瞳を曇らせたまま首を傾げる。

「前に住んでいた場所ではないところへ住むんだ。もっと治安のいい場所へ」

桜が安全に過ごしてくれるのならば、金に糸目はつけないつもりだ。

「蒼真兄さま……」

「そうでないと、心配で手放せないよ」

蒼真の口元に、フッと寂しそうな笑みが浮かぶ。

「ありがとう。蒼真兄さま」

（ひとりになって……蒼真兄さまから離れて考える時間が欲しい。きっと寂しくなっちゃうんだろうけど、このままではいけない気がする。だから私は蒼真兄さまの元を

離れるの）

「桜」

蒼真は桜の華奢な身体を引き寄せると、息もつかせぬくらいの口づけを交わす。

桜がいなくなって、やっていけるのだろうか……自問自答しても蒼真には実感が湧かない。しかし、愛しい人をダメにしないためにも、行かせるべきなのだろうと決心した。

「愛しているよ。桜。ずっとお前を待っている」

桜の胸が甘く、きゅんと音をたてた。

（大好きな蒼真兄さま……私はこの人の元から離れることができるの？）

蒼真のぬくもりをもっと感じようと、桜は身を寄せたのだった。

蒼真は凛子に連絡して、二日間、仕事の調整を頼んだ。離れ離れになる前に、別荘で桜と過ごしたかった。

食事をしていない時間はベッドルームにいるか、散歩をして過ごした。彼女は昔に戻ったように明るくなっていた。

別荘から東京へ帰る当日、桜はひとりで厩舎跡へ行った。

（望くんの笑顔は、私を許してくれたんだよね？　そう思って……いい？）

「桜？　行くぞ？」

少し離れた背後から声をかけられて、桜はもう一度望に別れを告げ、待っている蒼真の元へ駆けだした。


別荘から戻った桜は、シカゴに行く手配をした。蒼真の意向で、部屋が決まるまではホテルに住むことになった。それが一番安全だから、と。

蒼真はたっぷりのお金を桜のシカゴ銀行の口座に入れてくれたが、それに甘えることなく働こうと思っている。

美容室にも行き、記憶が戻ったことと、しばらく海外へ行くことを話し、迷惑をかけたことのお詫《わ》びを伝えた。


出発当日、桜は空港へは送らないでほしいとお願いした。

（別れられなくなるから、いつも通り仕事に行ってほしい）

蒼真はそんな桜の考えに渋い顔をしたが、言う通りにした。彼女が出発する日は、大事な学会の日でもあったからだ。

二週間が経ち、ふたりの別れの日はあっという間に来てしまった。

「桜……」

蒼真はその先、なにを言っていいのかわからなかった。頭の切れる彼でも、別れの言葉が出てこない。

「蒼真兄さま……」

「毎日必ず電話をすること。いいね？」

桜の頬に、長い指が寂しそうに触れる。

「はい。必ず電話します」

桜を愛おしそうに抱きしめて、唇を重ねた。長いキスのあと、彼女をそっと手放す。

「待っているよ」

気持ちが固まったら、俺のところへ戻ってくるんだよ、と心の中で言う。

桜は涙を見せまいと、唇を噛みしめてコクッと頷いた。

そして、蒼真は迎えに来た凛子と共に行ってしまった。桜は、凛子とは昨日、別れを済ませていた。

（蒼真兄さま……）

玄関のドアが閉まると、堪えていた涙が溢れだした。

「蒼真……」

しばらく桜は玄関で泣いていたが、手の甲で涙を拭うと、スーツケースを取りにリビングへ行く。

忘れ物がないかを確認し、マンションを出た。呼んであったタクシーに乗り込み、成田国際空港へ向かう。

都内を抜けると高速道路は空いていて、どんどん空港に近づくタクシーの中で、気分が落ち込んでくるのがわかった。

（私は、間違ったことをしようとしているの？　大事にしてくれる蒼真兄さまの元を離れようとしているのは、間違いなの？）

空港に到着しても、桜の心はそのことばかり考えていた。

（私は蒼真兄さまがいないシカゴに行って、幸せになれるの？）

チェックインを済ませる前に、出発ロビーのベンチに座った。足がなかなか進まないせいだ。蒼真のことを考えると再び涙が出てきた。

膝の上で組んだ手に水滴がポタッと落ちて、自分が泣いていることに気がつく。

慌ててバッグの中からハンカチを探したそのとき、指先に細長いものが触った。

「あ……」

バッグの一番下にあったものを取りだしてみる。

(蒼真兄さまへのクリスマスプレゼント……まだ渡していなかった)

クリスマスカラーの包装紙に包まれた、ブルーグレーの万年筆を思い出し、また瞳が潤んできた。

(愛している。蒼真兄さまはいつでも私を優しく包み込んでくれた。記憶を失った私でも……)

『桜、愛している。記憶が戻ったときにも忘れないでいてほしい。君が一番大切だということを』

桜の脳裏に、蒼真の言葉がよみがえった。その言葉が不安定な彼女の胸を包み込む。

(シカゴには行けない！　私は蒼真兄さまを愛している！　離れたくない！)

桜は再び手の甲で涙を拭いて、立ち上がった。

蒼真は凛子の運転する車で、学会のある場所に向かっていた。いつもなら疲れていても蒼真が運転するのだが、今日は車の後部座席に乗り込み、目を閉じてしまった。凛子が見る限りでは、眠ってはいないだろう。考え事をするときによく見かける姿だ。

凛子の考えは当たっており、蒼真は今日行われる、最先端医療の学会のことについてではなく、桜のことしか頭になかった。桜の決断に蒼真が反対しなかったのは、承認しなければ桜の心が自分から離れていってしまうと思ったからだ。桜の心は、蒼真を愛しているのだが……このふたりは、〝望〟という呪縛に囚われすぎている。

運転をしながら、凛子はチラッとバックミラー越しに蒼真を見た。

そして密かに驚いた。彼はいつの間にか目を開けており、視線が合ってしまったからだ。

「そ、蒼真さま？　どうかされたのですか？」

いつも冷静な凛子らしくなく、どもってしまった。

「女心は難しいな」

蒼真がそんなことを言うのを凛子は初めて耳にした。

「蒼真さま……？　らしくありませんね？」

凛子の言葉に、蒼真はフッと口元を緩めた。

「本当に、行かせてしまってもよろしいのですか？」

思いきって聞いてみるが、凛子の問いに蒼真は黙っている。

「蒼真さま？」

信号が赤になり、凛子はブレーキを踏むと振り返る。

「本当に行かせてしまっても、いいのですか？」

再び前の車が動きだし、凛子もアクセルを踏んだ。またしても凛子の問いには返事がない。

自分ばかり話をして、空回りしている気がする。凛子は彼にわからないようにため息をついた――その瞬間。

「……やっぱり、行かせることはできないな」

呟いた声だが、凛子の耳にははっきり聞こえ、微笑んだ。

「空港に向かってくれ」

蒼真は腕時計をスーツから覗かせた。

今頃桜は、空港に向かっているタクシーの中だろう。学会に穴を開けてしまうが、彼女をシカゴに行かせたくなかった。

どんな罰も受ける覚悟で、蒼真は空港へ向かった。

出発ロビーに到着すると、桜が乗る便を確認する。まだ搭乗手続きが始まっていないことがわかり、ロビーを見回す。

「どこにいる？　桜……」

蒼真は黒のロングコートをひるがえし、ロビーの中を探し回った。

桜のスマホに電話をかけても、電源が切れているようで出ない。ロビーにいてくれと願いながら彼女を探す。

そのとき、隅のベンチで赤いコートを着た女性が立ち上がったのが目の端に映った。桜だった。

彼女は手の甲で、顔をごしごしと拭いている。泣いているようだ。

拭いている右手になにかを持っていて、左手には大きなバッグ。

まるで親にはぐれた子供のようで、うつむいているせいで、蒼真が見ていることにも気がついていない。

桜は涙を乱暴に拭いてから、桜はチェックインカウンターへは向かわずに、スーツケースを引いて出口を目指した。

(戻りたい……蒼真兄さまから離れたくない)

そう心の中で思ったとき、うつむきながら歩いていた桜の目の前に、ピカピカの男物の革靴が立ち塞がった。

その人の邪魔になると思い、うつむいたまま横にずれた。しかし、その人も同じく横にずれたのだ。またしても自分の前にいる。

涙を見られたくなくて、桜は顔を上げられない。

「す、すみません……」

もう一度、桜は横にずれようとした。

「どこへ行くんだ？　カウンターはそっちじゃないぞ？」

その声にびっくりして、桜は顔を上げた。ブルーグレーの瞳が大きくなる。

「そ、蒼真兄……さま……どうして……？」

（大事な学会に出ているはずなのに、ここにいるなんて……）

「桜、どうして泣いている？」

泣き腫らした真っ赤な目は、ずっと泣いていたように見える。

「私……」

涙を見られたくなくて、また手の甲でごしごし拭こうとした。

蒼真の手が伸びて、桜の手を止める。代わりに大判のハンカチで優しく目元を拭った。そうされることでまた桜の涙が溢れ出てきて、止まらない。

「私……シカゴに行けない……」

蒼真は自分の耳を疑った。

「今、なんて……?」

「シカゴに行きたくない! 蒼真兄さまから離れたくないの!」

スーツケースの持ち手を離した桜は、蒼真に抱きついた。肩にかかっていたバッグが音をたてて冷たい床に落ちる。

「桜、本当なのか?」

桜の言葉は、蒼真がなによりも一番聞きたかったものだ。

「心から……愛している。ずっとずっと愛していたのっ!」

「俺もだ。愛している。桜、どこへも行くな」

蒼真は嬉しくなり、桜を抱き上げると唇を重ねた。

ふたりを少し離れたところで見守っていた凜子は、彼らが抱き合う姿に微笑んだ。

「桜、これは?」

桜がずっと持っていた細長い箱の包装紙は、かなりみすぼらしくなっていた。彼女の涙までついたせいだ。

「あ! 蒼真兄さまの……クリスマスプレゼントで……ずっとバッグの中に……」

プレゼントがひどい状態になって、桜はもう一度泣きたくなった。ようやく泣きやんだというのに。

「桜？」

泣きそうな彼女を見て、蒼真はそれを取り上げた。

「ありがとう」

微笑んで包装紙を開けていく。

「ずっとこのバッグに入れっぱなしで……」

中身は、蒼真のイニシャルの入ったブルーグレーの美しい万年筆。

「桜の瞳と同じ色だ。嬉しいよ。ありがとう」

蒼真の笑顔を見て、桜も泣きそうになっていた顔に微笑みを浮かべた。

彼は桜を引き寄せて唇を奪い、長く酔いしれるようなキスをした。

特別書き下ろし番外編
記念日のサプライズ

桜は蒼真とふたりで、来日したイタリアの有名ピアニストのリサイタルを聴きに来ていた。ピアニストの得意とするショパンは美しい音色をホール全体に響かせ、まだまだずっと聴いていたいところだったが、最後の曲が終わってしまった。

七十歳を超えている彼は、舞台で優雅にお辞儀をすると去っていく。

完全にピアニストの姿が見えなくなったところで、後方の扉が一斉に開き、観客たちが出口に向かい始める。

一階の中央席に座っていた桜と蒼真は、観客の波が切れるのを待って立ち上がった。

「桜、行こうか」

「うん」

今日の桜は全体にレースをあしらった白い膝丈のワンピースを着ている。ノースリーブの冷房対策に、シルクのストールを手に持って。

席を立ち通路に向かう際、ワンピースの裾が柔らかく揺れた。

蒼真も細身のブラックスーツを着ており、ふたりはまるで結婚式を挙げたばかりの新郎新婦のようだ。ピアノリサイタルを聴きに来るにはふさわしい格好ではあるが、ふたりには別の理由があった。

桜の誕生日の今日、七月十五日にふたりは入籍し、晴れて夫婦となったのだ。

彼女の左手薬指にはシンプルなプラチナの結婚指輪と、ゴージャスなダイヤモンドの婚約指輪が輝いている。

手を繋ぎながらホールを出ると、蒼真が思い出したように立ち止まる。

「桜、ここで待っていてくれるかい？　ＣＤを買いたいんだ」

桜は近くにあるＣＤ売り場を見てから彼に頷く。

「あの柱のところで待ってるね」

蒼真と離れると、隅のほうへ足を向けた。ちょうどそこから売り場が見える。

離れていてもひときわ目立つ蒼真を見ていた桜の目の前に、突然、女性ふたりが立ち塞がった。

「伯母さま！　明日香さん！」

偶然に会ってしまい驚いたが、ふたりに急いで頭を下げる。美沙子と明日香はとびきり目立つ、派手なワンピースの装いだった。

「桜さん、もちろんひとりではないわね？　蒼真さんは？」

美沙子は望の件を徐々に克服しており、桜を認め始めていた。蒼真に『結婚を許してもらえないのなら桜とふたりで海外に移住する』とまで言われては、許さざるを得なかったせいでもあるが。

「CDを買いに……」

桜は今でも美沙子が苦手だ。鋭い目で見つめられると隠れたくなってしまうが、明日香とは少しずつ打ち解けており、彼女は桜を見て微笑む。

「お兄さまから聞いているわ。今日、入籍したのよね」

その声色は怒っているようには聞こえず、桜はホッとする。

「けれど、入籍だけで結婚式を挙げないのは、秋月家として恥ずかしいことよ。ちゃんと結婚式を挙げるよう蒼真さんに言いなさい。あなたの説得でないと、蒼真さんは首を縦に振りませんからね」

「伯母さま……」

桜は美沙子の考えていることを知って驚いた。自分たちが結婚式を挙げるのを、美沙子は嫌がっているものと思っていたのだ。確かに秋月家のような家柄であれば、世間体を大事にして盛大的に結婚式を挙げるものだろう。

「いいですね？」

美沙子は桜に念を押す。笑みを浮かべることはないが、これが精いっぱいの桜への接し方なのだろう。

「……はい」

「それと、早く孫の顔を見せなさい」

孫の顔を……と言われて、桜の目が大きく見開く。そこへ——。

「母さんも来ていたんですね」

ＣＤが数枚入った紙袋を持った蒼真が、桜をかばうように少し前に立つ。

「ええ。早く孫を見せなさいと、桜さんに言っていたところなのよ」

『見せてほしい』ではなく、『見せなさい』と、相変わらず高飛車な態度は変わらない。今まで桜を蔑んでいたことに加え、結婚したばかりで早く孫を見せろと言う美沙子に、蒼真は内心呆れる。

「どうでしょうか。桜は来春から大学へ行くかもしれませんので」

蒼真の返答にも桜は慌てた。

「まあ、大学へ？」

美沙子は少し驚いた様子で桜を見る。

「まだ決まったわけじゃないんです……」

桜は胸をドキドキさせながら答える。いつもながら、美沙子と話すのは緊張する。

「母さん、数年は子供のことは考えられないですね。それよりも、明日香を早く結婚させて、孫を見せてもらったらどうですか?」

突然自分に話を振られた明日香は、ギョッとして兄を見る。

「ちょ、ちょっと待ってよ。私はまだ留学中よ。休暇が終わったらイギリスへ戻るんだから」

話をしているうちに、ロビーには人が少なくなっている。

「桜さん、妊娠中でも大学へは通えるわよ。子供が生まれたら使用人を雇えばいいわ」

サラッと言われてしまっては、桜も頷くしかない。

「では失礼します。これから食事に行くので」

入籍した日に水をさされたくなく、蒼真は有無を言わさない表情で断った。

「たまには顔を見せなさい」

美沙子は息子よりも桜を見て言った。

「はい。失礼します」

彼女に頭を下げた桜の背に蒼真は手を当てて、妻を歩かせた。

会場を出ると、生ぬるい空気が身体にまとわりつく。

今日は朝から晴れていたが、まだ梅雨《つゆ》。じめっとした雨がよく降る。あと十日もすれば梅雨が明けるだろう。

「お腹が空いただろう？　ブランチしか食べていないからな」

時刻は十七時を回ったところだ。

「うん。実はリサイタル中、お腹が鳴りそうだったの」

桜はお腹を押さえて、茶目っ気たっぷりに笑った。一緒に暮らし始めた頃に比べると彼女はちゃんと食べるようになっていた。精神的苦痛が緩和されているせいだろう。

「ホテルで食事をしよう」

リサイタル会場から今日泊まるホテルまでは、徒歩十分。会場の駐車場が混雑すると予想して、車はホテルに停めていた。

ふたりは手を繋ぎながら、潮の香りが漂う横浜の海のそばを歩いていた。

「まさかふたりに会うとは。母さんも好きなピアニストだったことを忘れていたよ」

「リサイタルは三日間あったのに、今日会っちゃうなんて偶然だね」

正直言って、桜にとって美沙子は怖い存在。十四歳で秋月家に住み始めたときから、彼女の目に触れないよう生活をしていた。

でも今日は、以前ほど怖く感じなかった。

(伯母さまの態度が今までと変わってきたのは、徐々に自分を認めてきてくれているのかもしれない)

「桜の前に母さんと明日香が立っているのを見て、冷や汗が出たよ」

蒼真が冷や汗をかくところなんて滅多にないと思い、桜はクスッと笑う。

「あ、蒼真、見て!」

大観覧車を指差す。

「近くで見ると大きいな。桜、乗りたい?」

「うん。でも先に食事をしてからがいいな。暗くなってからのほうが夜景が綺麗だと思うし」

「そうしよう」

ふたりは夜に乗ろうと約束して、ホテルに向かった。

ホテル内のフレンチレストランに入ったふたりは、窓際の席に案内される。早い時間だからか、店内にいる客は蒼真と桜だけだ。

「蒼真、自分でデザートを決めていい?」

桜はメニューから顔を上げて蒼真を見る。

「もちろん。食べたいのでもあった？」

「うん。おいしそうなものを見つけて。これをください」

そばに立っていたウエイターに、メニューを示してオーダーした。

少ししてヴィンテージ物のシャンパンが運ばれてきて、ふたりは乾杯する。

「誕生日おめでとう」

「ありがとう、蒼真。自分の誕生日が入籍記念日になったなんて、嬉しい」

桜はにっこり笑ってからシャンパンをひと口飲む。

「ああ。絶対に忘れない日だから、年を取っても大丈夫だ」

「あ！　一度でお祝いを済まそうとしているんでしょう？」

「そうかもな」

頬を膨らませて冗談を言うと、蒼真は上機嫌で笑った。

鮮魚のタルタルやコンソメのジュレなどの前菜や、子羊のローストなどのおいしい料理を食べながら楽しい時間を過ごし、最後に桜が選んだデザートがワゴンで運ばれてきた。

桜はメニューの写真通りのものが運ばれてきて満足だったが……。

「すみません。ちょっと待ってください」

蒼真がウエイターの動きを制止する。

「蒼真っ」

「桜、これがどういうものかわかっているのかい？　厨房で仕上げてもらってこよう」

「わかっているの。大丈夫だから。蒼真に見てもらいたくて頼んだんだよ？」

「えっ？」

桜が頼んだデザートはクレープシュゼットで、ブランデーをかけたところへ火を点けてフランベするデザートだ。

「お願いします」

ウエイターに仕上げを頼む。彼はなぜ止められたのかわからないまま、もう一度確認するように、桜から蒼真へ視線を向ける。

「桜……」

桜は三年前の事故のあとは、火を見ると発作を起こすようになっていた。蒼真は心配そうに桜に目を向けたが、彼女は安心させるように笑って頷く。

大丈夫だと確信があるのだろうと、蒼真はウエイターに口を開く。

「すみません。お願いします」

「かしこまりました」

彼はクレープにブランデーをかけると、細長いライターで火を点けた。

今までならば、ライターの火を見ただけでガクガクと震えだしていたはずの桜だが、表情を変えずに見ていた。

黄色に輝く四つ折りのクレープが青白い炎に包まれる。それを彼女は瞬きもせずに見つめている。蒼真は桜が発作に見舞われるのではないかと不安を隠せず、彼女に視線を向け続けていた。

クレープの炎はなくなり、アイスとフルーツが乗せられたデザートの皿が桜の前に置かれる。

「ありがとうございます」

桜はにっこり笑って言った。ウエイターはふたりに一礼すると、ワゴンを押して去っていった。

心配そうに見ていた蒼真は、なんともなさそうな桜を見て、ホッと胸を撫で下ろす。

「驚いたな……」

「でしょう？　驚かせたかったの。もう大丈夫だからね」

「克服しようと、ひとりで練習したのか？」

桜は笑いながら首を横に振る。

「凛子さんに手伝ってもらったの」

「そうか、努力したんだな。大変だっただろう？」

蒼真に褒められて微笑む。

「喜んでくれる？」

「もちろん。火は生活に欠かせないものだから、万が一、俺がいないときになにかあったらと思うと不安だったんだ」

「もう大丈夫だからね。すごくおいしそう！　蒼真も食べてみて」

クレープをひと口大に切ると、フォークに刺して蒼真に差しだす。

「おいしいよ」

「うん。何皿でも食べられそう」

火を克服できたことを蒼真に見てもらえて、さらに自信がついた桜だった。

外は次第に暮れ始め、窓から見える観覧車がイルミネーションでキラキラしている。

「観覧車に乗るのが楽しみ。食べ終わったら行こうね」

「ああ。暗くなってきたな」

そう言って蒼真はコーヒーを口にした。

食事が終わり、ホテルを出て、大観覧車に向かってゆっくり歩く。

桜は蒼真と手を繋ぎながら幸せを実感していた。シカゴにいた頃は、こんなふうに蒼真と歩くのが夢だった。もちろんその頃は、まさか実現するとは思わなかったが。

大観覧車の中央にある時計の時刻は、十九時二十分。

そして十五分後、ふたりは大観覧車のゴンドラのひとつに乗っていた。

八人乗りだが、ふたりきりの十五分間の空中散歩。桜は蒼真の対面に座っており、宝石をちりばめたような横浜の夜景にうっとりと見入っていた。彼女のブルーグレーの瞳が景色を映している。

「桜、こっちへおいで」

「えっ……ゴンドラが傾かない？」

二の足を踏んでいる桜に、蒼真は笑う。

「このゴンドラは大きいから、桜が来たぐらいでは傾かないよ」

少しずつ上がっていくゴンドラ。桜は立ち上がると静かに蒼真の隣へ座った。

隣に来た桜の肩に蒼真の腕が回る。桜は彼の肩にそっと頭を乗せる。ロマンティックで、言葉はいらないほど満ち足りた雰囲気だ。

蒼真はもう片方の手を桜の顎にかけると、優しく自分のほうへ向かせた。夜景を映していた桜のブルーグレーの瞳が、今度は優しく見つめてくる蒼真の顔を映しだす。

「蒼——」

桜の囁きは蒼真に塞がれる。

「んっ……」

ちゅっと甘く啄むキスを何度か繰り返すと、桜の唇が無防備に開いてくる。蒼真の舌がピンク色の桜の唇を割って、口腔内に入り込む。歯列の裏側や柔らかい頬の内側などを探索しながら、舌を絡ませる蒼真。

キスにうっとりしながらも、桜は他のゴンドラから見えてしまうのではないかと理性が働き、彼から離れようとした。

「蒼真っ……見られちゃう」

「どこもカップルばかりだ。ほら、見てみろよ」

蒼真が示す方向を見ると、ひとつに合わさったような男女の姿。甘い時間を過ごしているのは確かだ。ここから見えるということは他からも見えるということで、恥ずかしくなった桜は顔が熱くなってきた。

そんな彼女に対し、蒼真は不敵な笑みを浮かべて、もう一度唇を重ねた。

キスのせいでふわふわと浮いたような気分で、桜は蒼真と手を繋ぎながら、横浜の海沿いの遊歩道を歩いている。時折、汽笛の音も聞こえてきた。

夜の風が桜の頬をくすぐる。少し離れたところにはカップルがいるが、ふたりのまわりにはいない。

桜がふいに足を止めた。そんな彼女を蒼真は見つめる。

「疲れた？」

「ううん」

桜は後ろから蒼真の背中に抱きつく。

「蒼真……恥ずかしいから振り向かないでね」

「どうしたんだい？」

彼女からこんなふうに抱きつくのは、小さい頃を除けば初めてかもしれない。

「……蒼真、幸せにしてくれてありがとう」

「桜が俺のことを幸せにしてくれているんだよ？」

蒼真は自分のお腹に回った桜の手に、自らの手を重ねる。

「本当に？　私は蒼真を幸せにできている？」

嬉しそうな、少し高揚したような声が可愛らしくて、蒼真は振り向いた。

「あっ……振り向かないでって……まだ言うことがあったのに」

「ちゃんと俺の顔を見て言ってほしいな。もしかして、よくないことを言われるのかな？」

はにかんだ笑みを浮かべて、桜は大きく首を左右に振る。

「蒼真がいつも私に言ってくれていることだよ」

「なんだろうな……？」

蒼真は首をかすかに傾げて、彼女を見つめる。

「桜、早く言って？」

「それは……う～ん……あとで言うからっ」

何度か言っている言葉でもあるのだが、面と向かって言うのが恥ずかしい桜は照れ笑いをした。

「引き延ばさずに早く言ってほしい。気になって仕方がない」

蒼真は彼女の頬に手を伸ばして、そっと撫でる。

「……愛していますって、言いたかったの。あ、あそこに座ろうよ」

桜はベンチを指差して、口元を緩ませた蒼真を引っ張る。

「桜、自分から言っておいて、そんなに恥ずかしがらなくてもいいだろう？」

街灯だけでは、桜の顔色は窺い知ることができないが、頬に手をやっていることから、きっと赤くなっているに違いないと蒼真は思う。

「私、こんなところで言うつもりはなかったんだけど……」

「俺は最高の気分だよ」

ベンチに腰を下ろし、隣に座った桜の唇に触れるだけのキスを落とす。

「ところで桜。母が孫を見せろと言ったことが、気になっているんだろう？」

「ん……今日久しぶりに会って、伯母さまが以前みたいに怖くないって思ったの。そうしたら叶えてあげたい気持ちも芽生えたのは、確かなんだけど……」

「だけど……？」

蒼真は桜に軽く首を傾げて、先を促す。

「蒼真……私、看護師になりたいの。ううん、看護師になれなくても、蒼真の仕事の内容を理解したい」

桜は蒼真から離れられないと思ったときから、ずっとこのことを考えていた。

「大学の看護学科に入るのは大変だぞ？」

「うん。わかってる。実はそのために予備校に通ってるの」

桜の言葉は寝耳に水で、蒼真は目を見張る。

「なんだって⁉」

「凛子さんに頼んで、いろいろ予備校を調べてもらったら、ちょうどマンションから五分くらいのところにあって、そこに通い始めたの」

「また凛子か。肝心なことを凛子はなにも言ってくれない。彼女に嫉妬しそうだ」

蒼真は深いため息をつき、その姿に桜は心配そうな顔になる。

「大学の看護学科に……行かせたくない……？」

「いや、数年はやりたいことをやればいいと言った言葉に、二言はないよ。ただ、看護学科は大変だろうと思ってね」

楽な道が桜の幸せだとは思わないが、できれば自分に守られて楽しく生活してくれれば、と思っていた蒼真だ。

「赤ちゃんは数年後になってしまうけれど、いい……？」

「母の言ったことは気にしなくていい。桜がやりたいことをやればいいと、心から俺は思っている。俺の仕事を理解しようとしてくれる気持ちが嬉しいよ」

蒼真は不安そうな桜に微笑むと、華奢な身体を抱きしめる。

「蒼真、ありがとう」

桜は愛情を込めて、ブルーグレーの瞳でまっすぐ見つめる。彼女を見つめ返して、蒼真は微笑んだ。

「俺たちがここまで来るのには、遠回りして、長い時間がかかったね」

「うん……でも、グランマと過ごせた時間や、ここまでの道のりは大事なことだったと思うの」

桜はそっと手を伸ばして、蒼真の頬に触れる。

「これからはもっと幸せになろう。秋月 桜、ようやく俺のものになってくれたね」

蒼真の言葉に桜はクスッと笑う。

「……私は小さい頃から、ずっと蒼真のものだったよ？　私が好きになった男の人は蒼真しかいないもの」

桜を見下ろす蒼真の瞳が熱を帯びる。

「鼓動が止まるまで、俺は桜を愛し続ける。約束するよ」

「私も。蒼真、ずっとずっと、永遠に愛してる」

ふたりは見つめ合い、微笑んだ。

END

あとがき

こんにちは。若菜モモです。このたびは『御曹司の溺愛エスコート』をお手に取ってくださり、ありがとうございました。

こうしてまた皆さまのお手元へ作品をお届けすることができて幸せです。お買い求めくださる皆さま、応援してくださる皆さまのおかげです。感謝しております。

今回のお話は、ベリーズ文庫では珍しい内容かと思います。主人公の桜は、私が書いたヒロインの中で一番不幸せな子だと思います。事故のせいで誰にも迷惑をかけずに生きようとしている子なのですが、蒼真に愛され、幸せになることができました。桜に、いらっとした読者さま、ご勘弁を。実のところ、編集作業中は、こんなヒロインでいいのか……と悩みました。

私の作品には、外国がよく出てきます。去年発売した『俺様富豪と甘く危険な恋』では香港でしたが、今回はシカゴです。執筆や編集作業で海外が出てくると、旅行に出かけたくなります。去年は忙しく、タイミングが合わなくて行けなかったのですが、今年はどこかに出かけたいと思っています。

新しいスケジュール帳に「今年は海外旅行へ行く。しかも数回」と書き込みました。テレビか雑誌で、希望していることを書いて文字にすると現実になると見たので、去年の暮れに「来年こそは！」と願をかけました。初詣にも行きたかったのですが、なんだかんだと忙しく、お参りできたのは二月の節分を過ぎてからになってしまいました。皆さまは三が日に行かれましたでしょうか？　来年こそは早くに初詣に行きたいと思います。

また私事が長くなってしまいました。すみません。

最後に、この作品にご尽力いただいたスターツ出版の皆さま、編集でお世話になっております三好さま、矢郷さま、いつもありがとうございます。ステキなふたりを描いてくださいました漫画家の沙槻先生、ありがとうございました。二作目のお付き合いで嬉しいです。デザインを担当してくださいました菅野さま、この本に携わってくださいましたすべての皆さまに感謝申し上げます。

これからも小説サイト『Berry's Cafe』、そしてベリーズ文庫の発展を祈りつつ、応援してくださる皆さまに感謝を込めて。

二〇一七年四月吉日　若菜《わかな》モモ

若菜モモ先生への
ファンレターのあて先

〒104-0031
東京都中央区京橋1-3-1
八重洲口大栄ビル7F
スターツ出版株式会社　書籍編集部　気付

若菜モモ先生

本書へのご意見をお聞かせください

お買い上げいただき、ありがとうございます。
今後の編集の参考にさせていただきますので、
アンケートにお答えいただければ幸いです。

下記URLまたはQRコードから
アンケートページへお入りください。
http://www.berrys-cafe.jp/static/etc/bb

御曹司の溺愛エスコート

2017年4月10日　初版第1刷発行

著　者　若菜モモ
©Momo Wakana 2017

発行人　松島 滋

デザイン　カバー　菅野涼子（説話社）
フォーマット　hive&co.,ltd.

DTP　説話社

校　正　株式会社　文字工房燦光

編　集　三好技知（説話社）　矢郷真裕子

発行所　スターツ出版株式会社
〒104-0031
東京都中央区京橋1-3-1　八重洲口大栄ビル7F
TEL　販売部　03-6202-0386（ご注文等に関するお問い合わせ）
URL　http://starts-pub.jp/

印刷所　大日本印刷株式会社

Printed in Japan

ISBN 978-4-8137-0236-8　C0193

ベリーズ文庫 2017年4月発売

『イジワル上司に焦らされてます』 小春《こはる》りん・著

デザイナーの蘭は、仕事一筋で恋とは無縁。隣の席の上司・不破は、イケメンで色っぽい極上の男だけど、なぜか蘭にだけイジワル。七年もよき上司と部下だったのに、取引先の男性に口説かれたのがきっかけで「男としてお前が心配なんだ」と急接近！　甘く強引に迫る不破に翻弄される蘭だけど……!?

ISBN 978-4-8137-0233-7／定価：本体630円＋税

『旦那様と契約結婚!?～イケメン御曹司に拾われました～』 夏雪《なつゆき》なつめ・著

25歳の杏璃は生まれつき〝超〟がつくほどの大食い女子。会社が倒産してしまい、新しい職探しもうまくいかず、空腹で座り込んでいるところを、ホテルオーナーの立花玲央に救われる。「いい仕事を紹介してやる」と乗せられて、勢いで契約書にサインをすると、それは玲央との婚姻届けで…!?

ISBN 978-4-8137-0234-4／定価：本体630円＋税

『秘書室室長がグイグイ迫ってきます!』 佐倉伊織《さくらいおり》・著

OLの悠里は大企業に勤める新米秘書。上司の伊吹は冷徹人間で近寄りがたいけど、仕事は完璧だから密かに尊敬している。ある日、悠里が風邪を引くと、伊吹が家まで送ってくれることに。しかも、いきなり「好きだ」と告白され、「必ずお前を惚れさせる」と陥落宣言!?　動揺する悠里をよそに、あの冷徹上司がものすごく甘くって…!?

ISBN 978-4-8137-0235-1／定価：本体630円＋税

『御曹司の溺愛エスコート』 若菜《わかな》モモ・著

昔の恋人・蒼真と再会した桜。さらに凛々しく、世界に名を馳せる天才外科医になって「まだ忘れられない」と迫る蒼真とは裏腹に、桜はある秘密のせいで距離を置こうとする。けれど泥棒の被害に遭い、蒼真の高級マンションに身を寄せることに。そこで溺愛される毎日に、桜の想いも再燃して…!?

ISBN 978-4-8137-0236-8／定価：本体640円＋税

『強引上司と過保護な社内恋愛!?』 悠木《ゆうき》にこら・著

恋愛ご無沙汰OLの泉は、社内一人気の敏腕イケメン上司、桧山から強引に仕事を振られ、翻弄される毎日。ある日、飲み会で酔った桧山を介抱するため、彼を自宅に泊めることに。ところが翌朝、目を覚ました桧山に突然キスされてしまう！　以来、甘くイジワルに迫ってくる彼にドキドキが止まらなくて…？

ISBN 978-4-8137-0237-5／定価：本体650円＋税

書店店頭にご希望の本がない場合は、書店にてご注文いただけます。